喜歡本大爺的竟然就妳一個？ 7

orewo sukinanoha
omaedake kayo

作者
駱駝

illustration
ブリキ

Kadokawa Fantastic Novels

「我沒有勇氣，
所以想變成像山茶花學姊這樣
敢把自己的心意老實說出口的人。」

薄荷／薄井明日荷
崇拜山茶花的一年級生。薄荷這個綽號的由來是把全名的頭尾兩字湊在一起，就會變成「薄荷」。從某個角度來說，是我人生史上最大的強敵……

「幸會，我是蘭頂朱。」

『畢竟我是 Cherry 學姊的
第一嘛……』
莉莉絲／蘭頂朱
唐菖蒲高中學生會的二年級生。個性內向，所以要談話時都透過以智慧型手機輸入文字的方式進行。綽號的由來是把「蘭頂朱」倒過來就會變成「朱頂蘭」(Amaryllis)。她似乎不願意認同我是 Cherry 的男朋友，相當不好應付。

Cosmos／秋野櫻
學生會長。外表冷豔，其實很廢又很少女。
「花灑……你要小心喔。」
山茶花／真山亞茶花
退役辣妹。現在披著清純的皮，但實際上是隻野獸，是紅人群中的領袖。
Pansy／三色院菫子
莫名只對大爺我超毒舌，紮辮子、戴眼鏡的圖書室主宰。

翌檜／羽立檜菜
校刊社的幹練編輯社員。一慌張起來，語氣就會變成津輕腔。
「花灑……總算見到你了耶……」
葵花／日向葵
大爺我的兒時玩伴，只有運動神經很出色的傻妞型騷貨。
???
總覺得似曾相識……但就是想不起來……算了，沒關係啦！想不起來也沒辦法嘛！
水管／葉月保雄
唐菖蒲高中二年級生。我的最強向上相容版，對 Pansy 有好感。

contents

Kadokawa Fantastic Novels

7

orewo
sukinanoha
omaedake
kayo

喜歡本大爺的竟然就妳一個？

作者
駱駝

illustration
ブリキ

我什麼都沒做。沒主動做……

序章

第二學期終於開始！

運動會、繚亂祭、教育旅行……三個學期中校內活動最多的，就是這個時期！

我——花灑，也就是如月雨露，一直有種預感，覺得透過各式各樣的活動，我們的關係也將產生很大的改變！

這個預感對了一半，錯了一半！

這是為什麼呢……

「所以，花灑同學，這是怎麼回事呢？」

因為我壓根兒也沒有預感到，我會在放學後被迫跪坐在圖書室地板上……

這個用冷酷的視線與淡淡的話語對我施加壓力的女生，是西木蔦高中圖書委員三色院堇子……通稱「Pansy」。今天也一樣做辮子眼鏡平胸打扮。

她的狀態是大怒……不，說是超級大怒可能都還不夠……

「……在下深覺慚愧，無話可說……」

「花灑同學，我不是叫你道歉，是問你這是怎麼回事喔。」

「那個，您問說怎麼回事……但在下也掌握不到狀況……」

「是嗎？也就是說，你明明什麼都搞不清楚，卻對她們兩個做出『那樣的事情』了。」

「不、不是的！也不知道該說是做了，還是被迫做了——」

「無論主動還是被動，結果都一樣吧？」

「……在下無話可說……」

我使盡渾身解數的辯解完全無法讓她聽進去。

Pansy平常就很會對我毒舌，但相反地，當她一點都不毒舌，只是淡淡地說出自己的憤怒，那種恐怖真不是蓋的。莫大的壓力幾乎要當場把我壓扁……

「可、可是！在下對這樣的結果也非常遺憾，還請大事化小，小事化無……」

「你說話可真有意思。你是說這對你而言是意外，所以要我忍耐？」

「才、才不是！我的話才不是這——」

「口氣。」

「……不是這樣的。在下絕非此意……」

「花灑同學，即使你沒有這個意思，但你的話讓我這麼覺得，這個事實是存在的。你卻這麼想，讓我覺得好冤枉，好受傷。」

「……在下深覺過意不去。」

「一樣的話你要我說幾次？我可有一次要你道歉？」

「您沒說。」

如果可以，我真想當場拔腿就跑。

可是，跑也沒用。如果只有 Pansy 一個人，從體能來說，我有把握跑得掉。但不巧的是，怒火中燒的不是只有這女人。

「哼！哼！哼～～～！」

球拍劃出劇烈的破風聲，強而有力地揮動。

把球拍的準星鎖定在我臀部的，就是我的兒時玩伴日向葵……通稱「葵花」。

「哼哼哼……該、選、哪、個、好、呢～～……」

至於把愛用的筆記本翻到記載「刑罰清單」那一頁，讓負面情緒滿溢而出地仔細查看的，則是學生會長秋野櫻……通稱「Cosmos」。

她手上的鉛筆所指的刑罰內容是「扭」。

到、到底是打算扭哪裡？光想像都覺得可怕。

「……哎喲，糟糕，我一個不小心就太用力了。」

發出「啪！」一聲劇烈聲響折斷紅筆的，是校刊社社員羽立檜菜……通稱「翌檜」。碎裂的紅筆彷彿在暗示我的花灑的未來，讓我愈想愈害怕。

……就如各位看到這個狀況所猜到的一樣，另外還有三名女性（怪物）在 Pansy 背後組成扇狀隊形，怒火中燒。

即使拔腿就跑，相信也會當場被逮回來，處以更過分的刑罰。我盼望有人救我，將目光從她們四人身上移開，看向其他幾個人物，然而……

「不妙啦！這絕對不妙！怎麼辦？要去救花灑嗎？」
「沒轍沒轍沒轍！誰敢跑進去插嘴啦！」
「就是說啊！我也投不管一票！太可怕了啦！」
「而且，根本不必去救花灑吧？我也覺得是花灑不好。」
不行……我本來還想說紅人群最近對我非常好，也許能幫上忙，但看樣子是不行。
而且E子同學似乎還希望我受到處決。
「我說啊，大家先冷靜點吧！看，花灑也在反省——」
「小桑，你安靜。」
「……三色院大人……悉聽尊便……」
連比誰都可靠的戰友小桑都是這副德行。
讓我覺得這世上已經沒有人可以阻止這四個急怒攻心的人了。
「好了，花灑同學，就請你好好解釋清楚吧。」
Pansy一隻手拿著川端康成的《屍體介紹人》，慢慢逼近。
究竟是我會被變成屍體還是會被迫和屍體結婚……不管是哪一種，等著我的都是地獄。
「你為什麼會對兩個女生做出那麼激情的吻呢？」

第一章

我就是覺得似曾相識

『那麼，雨露仔！今天我們也一起用力打情罵俏吧！』

唐菖蒲高中三年級，櫻原桃。

『要是你敢亂來，小心我宰了你！不、不過，如果只是一點點就沒關係啦……』

西木蔦高中二年級，真山亞茶花。

暑假尾聲，我和蹦出來的兩個美少女「同時」成了男女朋友，這可是嚇死人的大意外。

就先把時間回溯到這個事件開端的那一天吧……

「歡迎光臨～～！兩位是吧～～！」

「咿！」

我今天也在炸肉串店努力打工。當我以太過陽光的笑容歡迎兩位來店的女性顧客，她們就莫名露出厭惡的表情，甚至還發出尖叫。

「請問兩位怎麼了嗎？啾咪☆」

「這、這個……今天還是不了！那麼，就這樣──」

「哎～～喲！這可失禮了！我為兩位帶位，這邊請！」

這個以敏捷的腳步繞到正要離開的客人前方，滿臉笑容帶位的人，是想當聲優的打工族

金本哥。他嚴格中不失溫情，是很靠得住的前輩，現在卻莫名朝我瞥了一眼，冒出大量冷汗。

這世上還真是有些不可思議的事情。

「那個，呃……好的，麻煩你了。」

喂喂，本來應該由我帶位，竟然想找金本哥帶？

我看是因為我太有型，她們會害羞——

「欸，一開始那個店員是怎樣？他的臉根本只差一步就是犯罪了吧？」

「嗯，感覺整個歪了……我們絕對別跟他扯上關係。」

總覺得她們講話有夠毒，但應該不是在講我，所以也不必放在心上吧！

好～～！就讓我去廚房端菜端飲料吧～～！

「花灑，你很噁心呢。」

「嗚唔！」

就在我到廚房的同時，毫不留情地對我丟下這句話的，是我的同班同學兼這家店的店長

洋木茅春……通稱「小椿」。她那徹底傻眼的視線深深刺進我胸口。

「『雖然我知道理由』，但現在是在工作，希望你可以好好切換過來呢。」

「……好的，對不起。」

真沒出息……我是自認有好好切換過來啦……

「小椿，這個，是客人點的單。」

「嗯，金本哥，謝啦。」

我正在廚房垂頭喪氣，金本哥已經完成點餐回來。

然後他看了看我的情形，不是對我，而是對小椿說：

「小椿，如月同學是怎麼啦？感覺狀況比平常差……」

「呃……其實是我們學校在甲子園——」

「唉～～西木蔦高中實在可惜啊！只差一點點就能拿到甲子園冠軍了！」

還真是有客人會用這種大得離譜的聲音講話啊！沒辦法，我來吧！

「小椿，我想借一枝掃把（金屬球棒）去打掃垃圾……好嗎？」

「……不好呢，而且我們店裡根本就沒擺那種東西。」

「啊～～……是這麼回事啊……」

金本哥以有點為難的表情搔了搔臉頰。

沒錯，今年的甲子園，西木蔦高中在決賽中敗退了……

四局下半，對方的一號打者以四壞保送上壘。後來，本來應該只是打成高飛球的一球，在勝利女神吹的一口氣……也就是海風的推送下，成了安打。

西木蔦高中因此被對手拿到了一分。

再來是八局上半，在一、二壘有跑者的機會下，捕手芝打出長打。本來應該變成全壘打的球在海風的影響下，變成了高飛球。

結果比賽就以1－0結束。

「花灑，比賽結果雖然令人遺憾，但能打進甲子園決賽這件事本身就很厲害了呢。」

她說得沒錯。甲子園亞軍……這樣的結果已經很厲害，很值得自豪了。

……可是，終究還是第二名啊！

學校裡的大家都非常開心，但小桑與芝應該非常懊惱吧。

儘管面帶笑容回應大家的加油，但我可以清楚看出他的眼神透露出失意的感情。

他的心情，我真的很能體會……

就和在電擊小說大賞中拿到「金賞」而不是「大賞」時的心情一模一樣。

得獎的喜悅和沒能拿到最高榮譽的懊惱，就是會在心中糾結！

吼～～～～！好想拿大獎啊～～～～！只要有大獎我其他什麼也不要啊……

就是會變成這樣的心情！我可是說真的！……等等，現在不是在說我的事情啊。

不過不管怎麼說，總之小桑的心情我很能體會。

「我說如月同學，你這個同學要是知道你這麼沮喪，應該會更在意吧？如果你真的很重視這個朋友，就得趕快打起精神才行啊！」

「……金本哥。」

我忍不住鼻酸……就是說啊，小桑他們已經夠厲害了，要是他們知道我這樣，說不定又會多所顧慮。

既然這樣，我該做的就是……讓自己和平常一樣啊！

「我明白了！對不起，我用奇怪的態度在打工！」

「嗯，既然打起精神就好呢。那麼，客人也來了，花灑，可以拜託你嗎？」

「好！包在我身上！」

我在小椿帶著笑容目送下，再度回到前場。

好！接下來我要好好正經……等等，咦？

「花灑，上次見面是在海水浴吧。」

「這不是小風嗎？」

跑來的是個媲美好萊塢巨星的型男，也就是在地區大賽決賽和小桑展開一場火熱激戰的男生——唐菖蒲高中棒球隊的特正北風……通稱「小風」。

一直到前陣子，我對他都還沒有太好的印象，但暑假發生了很多事情的結果，讓我和他的交情已經進展到會互相用綽號稱呼對方。

「欸，那個人，根本帥得亂七八糟嘛！」

「真的！和他對面那個會走路的性犯罪結晶大不相同！」

喂，剛才跑來的二人組女生說別人是會走路的性犯罪結晶會不會太過分？

「唔……今天有一些講話大聲了點的埴輪在……算了，沒關係。」

小風那會把所有女性都看成埴輪的埴輪眼球今天似乎仍然正常運作。

「甲子園，真是遺憾啊。」
「……也沒辦法啦……」
「不過，好事也是有的。那場比賽，本來會獲勝的毫無疑問是西木蔦高中。然後，那些來看球的球探也沒糟糕到看不出這一點，肯定有很多球團都已經在注意大賀和芝。因此，我認為這亞軍比冠軍更有價值。」
嗚唔！你說話可真令人高興！
「謝啦，小風。」
「唔。可是……不說這個……我實在爛透了……」
怎麼啦，型男？看你突然開始烏雲密布。
「呃，發生什麼事了嗎？」
「那場比賽，我是在電視上看的，結果看到西木蔦輸掉的時候，畫面上拍到的『她』的眼淚……害我忍不住心動……本來我必須和西木蔦一起悲傷難過才對，讓我覺得自己好沒出息！」
「啊、啊啊～～……是這麼回事啊？」
小風說的「她」，就是西木蔦高中棒球隊的經理蒲田公英……通稱「蒲公英」。她長得是很可愛沒錯，但動不動就會得意忘形，一再失敗，是個像是占諧星名額的女生。可是，她卻是有著埴輪眼球的小風唯一能夠認知為正常女生，還懷抱強烈情感的對象。

「她那眼淚的破壞力太厲害了！她實在太惹人憐愛，讓我不知不覺抱著電視昏倒了！想來透過電視看那場比賽的人，有八成都做出了同樣的行動……」

不會。你才會這樣。不過也是啦，比賽剛結束的時候，蒲公英哭泣的臉的確很可愛。

她流著大滴眼淚，拚命鼓勵棒球隊的隊員。

其實就因為那一幕，我們學校的蒲公英粉絲（棉毛粉）還真增加了不少。

為什麼蒲公英這丫頭有所圖謀去做的事情全都會搞砸，沒有圖謀的時候，卻會在她本人不知不覺間得到相當不錯的成果呢……

我其實也暗自提升了對她的評價，只是甲子園結束後，她傳來的訊息寫著：『等第二學期開始，請學長每週至少要來給我利用一次喔！這對如月學長來說是獎賞吧？唔哼哼！』所以我對她的評價又恢復原狀了。

「這不就表示你就是這麼在乎她嗎？別放在心上。」

「能聽你這麼說，實在令人感恩……感謝你啊，花灑。」

「別說這個了，你難得來，多吃些炸肉串吧……呃，你一個人嗎？」

「不，今天不是一個人，還有……」

「呀喝～～！花灑仔！我們好久不見了吧！」

「唔！………好、好久不見。」

一個女生從小風背後現身。她是個美少女，最醒目的特徵就是兩邊頭髮捲成的墨魚圈和嘴角的痣。是唐菖蒲高中三年級，學生會長櫻原桃……通稱「Cherry」。
或許也因為是暑假，她穿的不是制服，而是便服。
棉質上衣搭配迷你裙，給人一種好攻略的印象。
「她穿便服所以你可能認不出來，其實是 Cherry 學姊啊。」
不用擔心，我和你不一樣，不是埴輪眼球，看臉就知道是誰。
「啊哈哈！只有小風會這樣吧！花灑仔，你說是不是啊？」
「是，您說得是～」
唉……如果可以，我倒是再也不想和 Cherry 見面或是扯上任何關係。
畢竟她曾為了讓自己對暗戀對象死心，做出想讓自己的心上人和 Pansy 交往這種事來，是個非常危險的女人。
「不要那麼露骨地擺出討厭的表情嘛～～！好啦，之前的事情我們就放水流，好好相處嘛！」
這台詞要說也該由我來說吧？不該由鬧出事情的罪魁禍首說吧？
「那麼，請問今天您有什麼事情呢？」
「當然只是來吃炸肉串啊！跟小風一起吃！」
哦～～「只是」來吃炸肉串啊？是喔～～……這樣啊……
「小風，Cherry 學姊來這裡是有什麼圖謀？」

「啊，花灑仔！不可以這樣啦！小風他什麼都會老老實實招出——」

「Cherry 學姊似乎有事要拜託花灑。看起來是因為以前的事，自己一個人不太好意思來拜託你，就把我叫來當緩衝材。反正我也想見你，也想吃炸肉串，所以就來了，陪 Cherry 學姊只是順便。」

不愧是正經八百人，全都老老實實告訴我了。

「是喔～～……就只是來吃炸肉串，是吧……」

「還好啦～～可能也有這樣的一面啦……啊！就是那個啊！我是客人！所以，你應該好好歡迎才對吧！」

瞧妳辯解得雙手用力亂揮……

好好好，我知道。既然人都來了，總不能因為我個人的因素就把客人趕回去。

「好的，這邊請。」

沒辦法，就先帶位——

「那麼請稍等一下。」

然後立刻逃脫 Cherry 這一桌。之後只要不再靠近，應該就沒事了吧。

只要跟金本哥說明一下情形，這件事應該就可以搞定了。

「好、好～～！那我們就來吃炸肉串吧！啊哈哈哈……小風，你有什麼想吃的嗎？」

「花灑跟我說過這間店的推薦菜色，要不要就點這些？」

「這樣啊！嗯！你們兩個這麼熟，可幫了我大忙！那我也……呼嘻嘻嘻！」

雖然離得很遠，但我可聽得清清楚楚。我一點也不打算跟妳混熟。

而且我也有很多事情要處理。

再過不久……第二學期就要開始。

我打算在第二學期之內，把我和她們之間半吊子的關係做個了結。

Pansy、Cosmos、葵花、翌檜……她們都那麼坦率地對我表白自己的心意，我不能一直視而不見。

所以，我也要好好把自己的心意坦率地告訴她們。

不然我們就會沒辦法再往前走。

雖然不知道我的答案會產生什麼樣的結果，會覺得害怕，但她們都展現出那樣的勇氣，總不能只有我一直逃避啊。

只是，另外還有一個天大的問題是眼下非解決不可的……

那就是圖書室的事。以前圖書室瀕臨關閉，這個問題我們已經透過增加使用者的方式解決，但就是這個解決方式造成了新的問題。

說穿了，就是比起以前，現在實在太忙了。

現在圖書室的使用者非常多，相對地，營運圖書室的人不夠。

暑假期間是透過我和其他人來幫圖書委員的方式，讓圖書室勉強還能運作正常，可是一旦第二學期開始，相信大家就會因為要參加社團活動和學生會，沒辦法再這樣幫忙。

非想出對策不可，可是……目前我什麼都沒想到。

所以光是構思對策就讓我忙不過來，根本沒心思去聽 Cherry 要拜託我什麼。

麻煩事真是一件接著一件來啊——

「如月月～～～！我女鵝！我女鵝她～～～～～！」

怎麼辦……又有一個特別突出的大麻煩哭著出現了……

來到店裡的，是個散發出四字頭後半年紀老人味的好中年。他，真山大叔，是我同班同學山茶花——真山亞茶花的父親……但他的表情糟透了。

他戴著女兒送他而讓他極為中意的帽子，雙眼滿是淚水，撲過來用力把臉埋在我懷裡……等等，這個大叔在做什麼啦！

「哇啊！真、真山先生！請、請你放開我！」

「如月月～～～！怎麼辦！我被我女鵝亞茶花討厭厭了啦～～～！」

住手～～～！不要把臉往我胸口蹭！

「請你冷靜點！總之，放開我！……好不好？」

「嗯。對不起喔……突然做出奇怪的舉動……嗚嗚。」

說這話的絕對不是美少女，而是一個已經四字頭後半，散發老人味的好中年。

眼前他肯乖乖讓我帶位總算是不幸中的大幸。

「那麼，我拿水和濕紙巾來……」

「等等！不要走！」

我的工作服衣襬被一把揪住，被一個四字頭後半，散發老人味的好中年揪住。

「……怎麼了嗎？」

「我說啊……前陣子不是有夏季廟會嗎？就在那天晚上，亞茶花穿著我買給她的浴衣和朋友出門，真的是可愛到Unlimited……」

別說那麼多了，我Unlimited希望你趕快進入正題啊。

「然後啊，等廟會結束，她回到家的時候，手上拿著一個面具。我有點胡鬧地戴上那面具，結果……」

他說的面具，應該就是廟會時山茶花說被人看到跟我在一起會很難為情，我就買來給她遮掩身分的那個面具吧。

結果她不肯戴，但記得她很喜歡，一直很寶貝地抱著啊。

然後大叔胡鬧著拿來戴上。呃，這……

「亞茶花氣得不得了，罵說：『爸爸是笨蛋！我不管你了！』之後再也不肯跟我說話了啦～～～～！怎麼辦？」

呀啊啊啊啊！又給我抱過來！

這個大叔的精神力是有沒有這麼豆腐渣啦！別把我扯進去！

「我好幾次想道歉，但她根本不肯正眼看我一眼！嗚嗚嗚！是我不好！我絕對不會再犯了……原諒爸爸啦，亞茶花～～～～！」

「時、時間會解決一切的！真山先生，總之你先放開我！」

「不要不要不要！我要馬上跟她和好啦～～～～～～！」

你這個四字頭後半屁中年給我閉嘴！要是你女兒看到你現在這模樣，小心她會哭喔。

啊～～……要是這個時候有其他客人叫我去點餐就好了……

「不好意思～～！我們想點餐，可以麻煩過來一下嗎～～？」

喔喔！難得我許願會實現耶！

那我馬上就以要去服務別桌客人的藉口離開這裡……

「我們都選好了，麻煩趕快過來耶！」

竟然是妳喔～～～～！……該死！怎麼辦？我是想逃開大叔。

可是，我不想去那一桌。因為一旦去了，肯定又會被別的麻煩事纏上。

前有好中年，後有墨魚圈。

「如月月，你不會走吧？你願意留在我身邊吧？」

好，還是往後走吧。前方太噁了。

「對不起，真山先生，我得去處理一下其他工作……」

「……哭哭。知道了。好中年會忍耐的。」

不要自己講。那就走吧……唉～

「久等了，現在為您點餐。」

「喔！我等得可久了！呃，青椒串、茼蒿串、帆立貝串、鵪鶉蛋串，這些都各來兩串！麻煩再加上炸薯條！至於飲料，我要可樂，小風要柳橙汁！」

「好的。那麼請稍等——」

「還有，我要拜託花灑仔一件事，明天跟我約會耶！」

「本店沒有販賣這樣的產品。」

好了，餐也點完了，趕快回廚房去吧。

然後我就和金本哥交涉一下，讓我在她回去前都不必再回前場吧。

還約會咧，想也知道這肯定另有內幕好不好。

「咦～！那我拜託你個人！花灑仔，我們明天來約會吧！」

「我絕對不要。」

「還絕對……何必說得那麼絕嘛……欸，拜託啦～」

哼。裝可愛求我也沒用。

「去拜託水管不就好了？」

「唔！」

她的表情可變得真有意思，簡直啞巴吃黃蓮嘛。

「花灑，Cherry 學姊和水管的關係不太好，嚴重到暑假期間都沒說過話……因此，不能依靠他幫忙。」

啊，是這樣啊。對喔，記得小風第一次來這間店的時候就說過：『Cherry 和水管的關係有了改變。』……原來他指的是關係惡化啊。

所以就來求我這個次級品，把別人當保險在用……

「Cherry 學姊，不好意思，我沒這個時間。」

「有什麼關係嘛！我跟你都這麼熟了～～」

「我跟 Cherry 學姊一點也不熟吧？」

「啊嗚！……何必說得這麼明白…………唉，好啦。那我就不再求花灑仔，吃完炸肉串就乖乖回去……」

Cherry 捲著頭髮玩，心不甘情不願地放棄求我幫忙。

可是，我不會忽略她眼中燃起的火焰。這女的絕對還沒死心。

「那麼，就這麼說定。請稍等一下。」

「花灑，不好意思讓你花了這麼多時間。工作加油。」

「喔，謝啦。」

「嗚嗚～～！如果是水管仔，他馬上就會答應幫忙耶……」

那你就去找他啊。

就說別拿我跟他相提並論了。

我順利躲過大叔，也拒絕了 Cherry 的請求後，又開始認真工作。

話雖如此，一回到前場就會看到各位非常麻煩的人物在那邊待命，所以我把情形告訴金本哥和小椿，窩在廚房努力洗盤子。

「如月老弟，真山先生他吃完飯就垂頭喪氣地回去了。他一直很想和你說話，但我轉告他：『他也有工作要做。』他就好好諒解了。」

「是真的嗎？多虧金本哥幫忙！非常謝謝你！」

「只是，另一邊的女生就一直不肯退讓……」

這可傷腦筋了……我差不多也該回到工作崗位了耶……

「金本哥，那位客人就由我過去說吧。」

「咦，小椿妳去？」

「這樣好嗎……小椿？」

「當然了，我可是站在花灑這一邊的。包在我身上呢。」

小椿單眼眨了一下，加上溫暖的笑容，綁緊頭帶，瀟灑地走向前場，看得我都小鹿亂撞了。小椿果然太靠得住了！

好～～！這樣一來，麻煩事就——

「花灑，你就聽聽 Cherry 學姊說話。」

「謝謝妳～～！椿仔！」

咦～～～！這是怎麼回事？

不僅轉眼就回來了，還帶了大麻煩（Cherry）過來耶！

「那麼，花灑仔，我們走吧！來，快點快點！」

喂，住手，不要這麼用力拉我。

「呃……小椿？」

「我希望花灑去聽 Cherry 學姊說話，扣你的休息時間，畢竟是你不好呢。」

小椿的表情怎麼和剛才相反，變得冰冷到了極點！

為什麼本來應該站在我這邊的小椿卻去站在 Cherry 那邊？

這麼短的時間內，Cherry 這女人到底對小椿說了什麼？

可惡！既然這樣，我就找小風商量，叫他硬把這女的帶回去……！

「啊，小風的話不用擔心！他已經回去自主練習了吧！」

該死啊～～！我的退路完全被封死了嘛！

「來，走吧走吧！我和花灑仔需要兩個人好好討論一下耶！」

為什麼？為什麼我必須被這個以為再也不會扯上關係的女人拖進休息室？

「打擾了～～！……嘿咻！」

這女人第一次來我們休息室就當自己家似的，臉不紅氣不喘地給我坐到折疊椅上……

「……所以，請問有什麼事？」

「我剛剛不是說過了嗎！明天跟我約會啦！」

「我想知道的是『真正的情形』。」

「就～～說～～了！是想跟你約會！我的請求就只有這樣啦！」

為什麼 Cherry 會這麼執著於約會？……可疑。

「那我拒絕。因為我不想跟妳扯上關係。」

「哇……花灑仔，你就沒有一點點體貼或是親切待人的心嗎？」

「我倒覺得有時候嚴格教訓對方也是一種體貼喔。」

說起來 Cherry 是怎麼籠絡小椿的？小椿雖然善良，但也有很多嚴格的地方，照理說實在不太可能這麼容易就把她拉攏到自己那一邊……

「說得好！那就跟我約會，作為對你的教訓吧！」

「妳很死纏爛打耶……而且哪輪得到妳來教訓……」

「胸部。」

「咦？」

「你對我的胸部做了什麼呢？」

「……啊！」

糟糕……對喔……都忘了。我和水管在地區大賽決賽時進行的比賽。

當時我因為計畫需要，必須一直躲到棒球賽結束，途中不能被任何人逮住……可是，事情沒這麼簡單。

當然我計畫進行到一半就被 Cherry 逮住，為了逃脫而揉了她的胸部。

「虧我從不曾被別人摸過，你卻硬做出那樣的事情……我的心都要撕裂了……我再也嫁不出去了！嗚嗚！」

她眼眶含淚看著斜下方，抱著自己的身體，腳步內八，咬緊下唇。

她把乾淨的身體受到玷汙的情形強調得好誇張。真的是，對不起……

「難道，小椿就是為了這……」

「沒錯！我說明這件事之後，椿仔就認同我了！」

胸部啊～～！畢竟從各種角度來說，這個話題對小椿而言都非常敏感啊！

不妙……這件事被小椿知道也就表示消息會一個傳一個，讓她們全都……

「你儘管放心！我已經請椿仔別告訴其他人！可是啊，這要看你的態度……你應該懂吧？唔嘻嘻嘻嘻！」

「唔！……只要約會就可以了吧？」

「啊哈！當然了！真的就只是約會！其他什麼都沒有！」

這絕對另有內幕……我可隨時都不能疏於戒備。

「而且，能和這麼漂亮的女生約會，花灑仔也很高興吧？」

我一點也不高興。

「我明白了……明天，我會奉陪。」

「太棒啦！謝謝你喔！啊，得決定時間和地點才行！地點嘛，我想想～……就選跟星巴克開在一起的那間蔦屋書店前面！時間就十點，如何？」

「我無所謂……」

「嗯！我就相信你會這麼說！那明天見嘍～～！」

Cherry 談完就心滿意足地從折疊椅上站起來，回去了。

真沒想到暑假就要結束，卻弄得必須和 Cherry 約會……糟透了……

*

我打完工，獨自踩著沉重的腳步回家。

明天要和 Cherry 約會……愈想就愈憂鬱。

不管怎麼說，一旦感覺到周遭有「那玩意兒」存在，就要立刻逃走……

「哎呀～～～～？好、好巧喔，在這種地方碰到！」

「唔哇！」

嚇、嚇我一跳！才剛走出店門就突然有人從正面喊我。

現身的是我的同班同學真山亞茶花……通稱「山茶花」。

她的清純外貌還是一樣超絕合我胃口。

「哼！今天你也是一張苦瓜臉呢！妳們說是不……咦！大家不見了！」

為什麼出聲喊我的人，自己卻一臉嚇一跳的表情四處張望？

「明明講好等他一走出店門，大家就要一起叫他的，卻只剩我一個？……啊！」

「「「……Wonderful！」」」

「又被騙了！」

紅人群站在一小段距離外，非常開心地豎起大拇指。

看來就和夏季廟會的時候一樣，她們又算計了山茶花，讓她一個人出聲喊我。

「怎、怎麼辦？突然只剩我們兩個，該說什麼才……呃，呃……對了！你盯著我看什麼啦！想被宰了是嗎！」

……Wonderful！

「不，我在這種地方碰到妳，想說妳在做什麼——」

「我、我是跟她們一起去卡拉ＯＫ，回程碰巧撞見你，就好心叫你一聲！這只是順便！你敢會錯意我就宰了你！」

關於這和先前那句「講好等他一走出店門，大家就一起叫他」的發言完全無法整合這件事，似乎是我會錯意了。花灑真是太不小心了。

「啊！我告訴你，我是只跟女生去卡拉ＯＫ！只跟女生！」

有夠強調只跟女生的。

「這樣啊……妳們感情還是那麼好啊。」

「那還用說！我們大家感情有夠好的！嘻嘻嘻！」

和紅人群諸位的感情好這件事受到讚美似乎讓她非常開心，只見她用小指搔著臉頰，展現出天真的笑容……真的是喔，如果只看外表，超合我的胃口啊。可愛。

「好！目前都能正常講話！今天的我，好努力！」

這種透出殺意與暴力氣味的對話，對山茶花來說似乎很正常。

「可、可是，接下來要怎麼辦……我看還是只能進行物理的對話……」

她以水汪汪的眼睛環顧四周的模樣是很可愛啦，但「物理的對話」是什麼東西？

「呀喝～～花灑！好久不見～～！」

紅人群似乎察覺到山茶花的極限與我的物理危機，在E子同學的帶領下走了過來。坦白說，有點可怕。

「嗯，好久不見啦。妳們過得好嗎？」

「嗯！很好！雖然暑假要結束是有點落寞啦！……花灑看起來好像不太有精神，是發生什麼事了嗎？」

我表情有那麼厭惡喔？也是啦，畢竟事情就是這麼棘手啊～

「因為啊，我被一個怪女人威脅說要約會……嗚嘎！」

「等等！你說這話是什麼意思？」

我的胸口突然被山茶花一把揪住！等等！不要這樣！不要搖我的身體！

不妙……我的腦袋開始昏了……

「我說！我說就是了，別搖了！」

我這麼一說，她立刻停手，臉湊過來盯著我的臉看。

「……你是說真的嗎？」

「當然是真的了……」

「哼！那就趕快告訴我！」

山茶花放開我的身體，狠狠瞪著我。

……總覺得很久以前也跟其他人有過這種互動……

「明天星期六，我要和唐菖蒲高中的學生會長，一個叫櫻原桃的女生出門。因為我欠她人情，非還不可……」

一說出這句話的瞬間，山茶花的表情立刻充滿了絕望。

……不妙，總覺得非常不妙。

「為、為什麼啦……如果是跟我就不肯……」
她的聲調聽起來彷彿陷入了自己無法理解的事態。
是有什麼不安嗎？她揪住我胸口的雙手用力握緊。
「沒、沒有，我也不是說不想跟山茶花約會啊！而且，說是約會，又不是有什麼感情！就只是還她人情！真的就只是這樣！」
為什麼我的語氣變得像在辯解？
說得簡直像是婚外情被拆穿的丈夫。
我戰戰兢兢地朝山茶花一看，只見她低著頭唸唸有詞：
「暑假期間完全見不到面，見到了也講不到幾句話，平常又好像一直躲著我，我明明想多在一起，好不容易今天見到面了……為什麼……」
呃，這個走向總覺得以前也曾在哪兒……嗯？這是……我想起來了！
簡直就像我還在偽裝自己的那陣子，葵花得知我要和 Cosmos 兩個人去約會時的反應！這也就表示，接下來該不會……
「……星期天。」
果然啊！山茶花臉仍然朝著地面，低聲說出這麼一句話來啦！
「呃，這……」
「星期天！」

這次她猛一抬頭，這麼呼喊。
她把臉湊近到幾乎蹭上來，氣喘吁吁，呼氣都噴在我臉上。
好近！山茶花同學，太近了啦！
「我再也忍不下去了！我也要和花灑約會！每次每次都只排擠我，太賊了！所以，星期天花灑要和我約會！行吧！」
不行啦！不妙……這絕對不妙啊！
「可是啊……」
「沒什麼可是不可是！而且，你不是答應過我嗎！」
「咦？呃，我什麼事都沒答應過山茶——」
「嗯！的確答應過！我就聽得清清楚楚！」
「咦咦咦咦！花灑都沒遵守和山茶花的約定喔！」
「太離譜了啦~~！山茶花好可憐！這可得趕緊注入Love啊！」
「竟然忘記約定，這樣不行啦！你要好好道歉！」
紅人群的各位~~~~！不要看準機會就全都站到山茶花那邊！
然後，還是有個人走在流行的最末端啊……
「就是上次地區大賽的決賽，我們把花灑藏起來的時候，山茶花不就說了：『下次要陪我一次作為補償！』花灑，你還沒補償山茶花吧？」

……啥？有過這種事？這個時候，就用我超乎常人的記憶力回想看看吧。

呃～～……如果是和水管的對決，請紅人群把我藏起來的時候……

『你很囉唆耶……不用一一道謝，只要是為了你……啊啊啊啊！你要害我講什麼話啦！給我五體投地好好感恩！舔我的鞋子！還有，下次要陪我一次作為補償！知道了嗎？』

還真的有～～～～！當時我慌了手腳，聽過就算，但還真的有過這回事～～！

可是，總覺得我沒答應……

「所以呢，這件事已經說定了！知道了嗎！」

不行，她不是這樣就說得通的對象。

「……是。」

於是呢，我這週六和週日分別要和 Cherry 還有山茶花一起出門。雖然對象不一樣，但就是完美地把那個時候重現出來了啊……

唉……到底為什麼會搞成這樣……

【我和妳的邂逅】

——這一天，我上床睡著後。

不知不覺間，我已身在夜晚的草原。

月光照得一片綠油油，美得如夢似幻的草原。

……哼哼～～是這樣嗎？是這麼回事啊？這樣……怎麼想都是夢吧！

「花灑……我終於見到你了咿……」

「……咦？」

不知不覺間有一名少女站在我面前。那是個有著褐色肌膚、咖啡色挑染深咖啡色的長髮，身上只披著布，一副淚眼汪汪的煽情模樣的美少女。

是哪位呢？

「花灑，接下來有對你來說非常艱辛的困難在等著咿……都是我害的……」

「呃，妳是……誰？」

「唔……花灑你認識我咿……」

妳表情那麼不滿，但不巧的是，我不記得自己認識哪個女生說話語氣這麼獨特，會用

「咿」當語尾的……

咦？是怎麼啦？

才剛覺得她表情有所不滿，突然又垂頭喪氣地沮喪了起來。

「每次遇見我，你都會多災多難咿。我……是會帶來不幸的女人咿。」

少女全身顫抖，頭髮被風吹起，以小得像是隨時會消失的聲音這麼說。

看著她的模樣，我硬是覺得她好惹人憐愛，好想保護她。

如果我有妹妹，也許就會像這樣。我就是覺得沒辦法當她是外人……

「我說啊……我想不起妳是誰。所以，可以告訴我名字嗎？」

「……Mokusei。」

「這是姓還是名字？我想知道妳的全名……」

「知道了咿。」

不對，「Mokusei」也可能是綽號啊。就像「金木犀」（註：丹桂的日文為「金木犀」，讀音為 Kinmokusei）。

不管怎麼說，只要她把全名告訴我，疑問馬上就會解決，也沒必要重問一次吧。

「我的全名是……」

「妳的全名是？」

「長椅子木製。」（註：「木製」的日文讀音為Mokusei）

「明明就長椅嘛！妳幾時擬人化的！」

長椅竟然變成女主角，我可從來沒聽過！太離譜了！

「Mokusei」竟然是這個Mokusei喔！和「金木犀」根本一點關係也沒有！

聽她這麼一說，就覺得很多特徵都很合啊。

語尾也是，還有像她那咖啡色與深咖啡色呈條紋相間的頭髮，根本就是長椅！

「我一直看著你咿，一直好想跟你說話咿。結果，我開始能像這樣只在你的夢中出現咿。以前每次我都只能被坐，現在能像這樣說話……讓我好感謝天神咿……」

我倒是滿心只想全力對天神喊出我的牢騷啊。

還給我一臉幸福的表情講這種莫名其妙的話咧。

「花灑屁股的感覺，我記得清清楚楚。非常柔軟咿……（臉紅）」

不用記得這種事情。難為情的是我啊。

「……妳、妳跑來我夢裡是要做什麼啦？」

她長得可愛，但我可不能大意……

這女的是曾讓我陷入許多不幸的終極魔鬼。

是不共戴天之敵。在我交手過的對象當中，肯定屬於最可怕的一類。

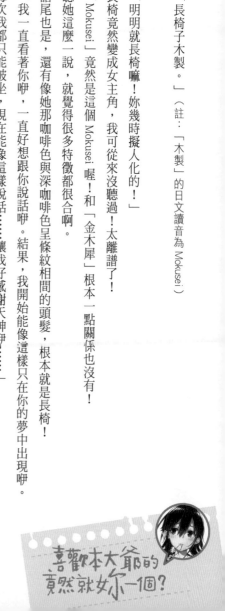

不對，慢著……她剛剛就難過地說自己是帶來不幸的女人啊……

「是啊……看在你眼裡……我是不可饒恕的惡人咿……」

一行眼淚從木製臉頰上流過。我硬是產生了一股罪惡感。

「唔！不好意思……我說得太過火了……」

「不會。畢竟你說的是實話，這也沒辦法咿……」

木製用力搖頭。

她的模樣有一種不可思議的魅力，讓我想原諒以往的種種。

「可是，我不想再讓花灑難過了咿！所以，我來通知你咿！」

「……來通知我？」

木製微微點頭。

然後她以強而有力的眼神看著我……隨即用力抱住我。

「嗚、嗚哇！」

木製那絲綢般的頭髮碰在我臉上，一陣甜蜜樹液般的木製香氣。

她抱起來的感覺比我想像中柔軟，將以往長椅留在我心中的印象漸漸抹去。

「你要仔細聽咿！明天和後天，我會出現在你面前咿……可是，絕對不要靠近我！就算在沒有我的地方也不要大意！即使我本來不在那裡，也很有可能會有人帶我過去咿！」

喂喂……以前我一直以為長椅是開開心心想陷我於不幸之中。

但其實不是這樣！長椅並不希望這樣！

所以她才會像這樣出現在我夢中，報消息要我小心危險嗎！

……唔！她人明明很好啊！

「……不好意思啊，我沒頭沒腦就對妳擺出很過分的態度……」

「沒關係咿。我畢竟對花灑做了那麼過分的事情……」

沒的事。想必以往的種種全都是不幸的意外。

長椅什麼壞事都沒做！長椅沒有罪！

「然後……我的請求是……」

「我知道了！我會好好答應妳的請求！」

我不讓木製說完就先喊了出來。

「……太好了咿。」

聽到我的回答，木製祈禱似的將雙手攏在胸前並露出笑容。

我用雙手緊緊包覆住她那攏起的手。

「謝啦！特地來告訴我有危險！我真的……真的很高興！」

「哪裡……好難為情咿……（臉紅）」

木製露出靦腆的笑容看著我。

我也跟著露出笑容。

或許是在祝福這樣的我們，籠罩在夜幕下的草原被太陽照亮，漸漸變得明亮。

「啊！差不多……是該道別的時候了咿。」

木製的身體漸漸籠罩在光芒中。

我從感覺上理解到這就是夢境的結束，於是大喊：

「我絕對……絕對會遵守妳的忠告！就算看到長椅也不會接近，在沒有長椅的地方也不會大意！不管發生什麼事，我都會拚了命遵守和妳的約定！所以，妳放心吧！」

「……嗯，我相信你——」

還沒聽完這句話，木製的身體就完全被光芒籠罩，我的夢就這麼結束了。

我面臨大變態的難題

第二章

「唔、唔～～……」

我坐起慵懶的身體，看了看時鐘，現在時間是上午六點。

難得的星期六，我卻這麼早就醒了……

雖然只是推測，多半就是剛才作的夢……怪、怪了，我剛剛是作了什麼樣的夢來著？

嗯～～……怎麼想也想不起來……

「算了，別在意了！想不起來也沒辦法啊！」

眼前我就先沖個澡，準備出門吧。

啊～～真的好不想去跟 Cherry 約會啊……

*

「啊！花灑仔！這邊啊，這邊！」

我比約好的時間提早五分鐘到碰頭地點，就看到 Cherry 已經抵達。她一認出我，就開心地用力對我揮手。她穿著白色短褲，搭配會明顯透出身體曲線的貼身T恤。我要小心別被色誘了。

「你肯準時來，我很開心！」
「要不是被威脅，我根本不會來就是了。」
「啊哈哈！就算是這樣！只要你有這個意思，也可以不守約定，但你還是好好遵守了，讓我對你非常感謝！謝謝你喔！」
Cherry 開心地說著，用力抱住我的手臂。手臂傳來柔軟的感觸，以及櫻桃似的甜美芳香。以前她明明極為厭惡碰到我的身體，竟然做出這麼大膽的行動，到底是怎麼啦？……可疑，非常可疑……
「這樣不好走路，我倒是想請妳放開我耶。」
「不要！我們今天是約會耶，當然要打情罵俏個夠！」
就說太過火了啦。像這樣貼在一起約會，怎麼看都只是一對笨蛋情侶。
「請問到底有什麼事？約會只是藉口吧？」
「花灑仔，這樣懷疑別人很不好喔～我純粹是想和你約會！真的，就只是這樣啦！」
「坦白說，我完全無法相信。」
「唉……真的是被討厭得很徹底耶，姊姊好傷心喔～」
我明明一再說出被她討厭也不為過的辛辣的話，她卻完全沒有心情受影響的跡象。不但不受影響，還更提升了緊貼的程度。
「順便告訴你，今天的行程是兩個人先去逛街，然後吃午飯！我們一起度過一段開心的時間吧！花灑仔！」

開心的時間是吧……不好意思，我來這裡是認為妳的行動另有隱情，根本沒打算來玩。

雖然還不知道她有什麼圖謀，但接下來我就要看穿這點。

「……我明白了。那我們要去哪裡呢？」

「手創館！我喜歡手創館！有很多好玩或好用的東西嘛！」

雖然我也只是隱約覺得，但的確和 Cherry 的印象有點搭啊，尤其是愛找好玩的東西。

「好了！走吧走吧！這是我們值得紀念的第一次約會！」

*

照 Cherry 的要求前往手創館一看，也因為是週六，許多客人讓這裡門庭若市。而我們就在人潮中走向日用品區。

「花灑仔，你不覺得這個很厲害嗎？不用直接摸到，就可以把馬桶座掀起、放下。」

「這的確很好用啊。」

雖然覺得青春年少的高中生男女在約會時討論馬桶座似乎未必是正確答案，但相信講什麼都無所謂吧，畢竟我們只是形式上在約會。

「嗯～～……啊！再來我們去看那邊的宴會用品吧！來，快點快點！」

她四處張望後，竟然給我用力抱緊我的手臂，拉著我走。

真的是黏到反常的程度啊……

「花灑仔果然是男生！體格強健，感覺好靠得住！」

告訴妳，我就算身體強健，精神可不強健。

從剛才旁人的視線就讓我承受不住。真希望她不要把臉頰往我肩膀上磨蹭。

哇～～……總覺得有個男生站在有點遠的地方，用有夠凶狠的眼神看著我啊。那種視線簡直在說：「竟然給我跟這麼可愛的女生卿卿我我！去死！」

「唉……為什麼事情會搞成這樣……」

「不要只會發牢騷嘛～～！這樣人家多寂寞！」

「我才不管。我要馬上回……唔！」

不妙……也許我的態度實在太差了點……

Cherry 的表情明顯轉為黯淡。

「……我說啊，花灑仔，你就那麼討厭……和我在一起？」

「我從一開始就這麼說了吧？」

……不行，要是這個時候假以顏色，又會演變成平常那種模式。

摸胸部那件事我會謝罪，但也不能因為這樣就把以往的恩怨全都放水流。

「這樣啊……也是，就是說啊！畢竟之前我很多事都做得太過火了嘛！啊哈哈哈！」

「就、就是說啊……」

Cherry 用笑掩飾落寞的表情，讓我胸口微微刺痛。

「我、我說啊，花灑仔，我很清楚你對我有不好的印象……畢竟我給你添了很多麻煩。可是啊，難得出來約會，要不要至少現在就當個普通的情人……不，當個普通的朋友，一起玩得開心點？……不行嗎？」

哀求般的聲音；因為用力抱住我的手臂而傳來的顫抖。

只是這麼兩下子，我對 Cherry 的厭惡就被揮開，變得想對她好，讓我對自己的這種天真覺得想吐。我到底有沒有這麼學不乖……

可是……

「……我明白了。對不起……我不該擺出這麼失禮的態度。」

與其不做而後悔，不如做了再後悔。搞不好我會被未來的我痛揍一頓，但到時候再說。這世上沒有什麼挽回不了的事情。

要是情形不妙，到時候我再想辦法扭轉局勢。

「哇啊～～！謝謝你，花灑仔！你果然好善良！」

太好了，她恢復開朗的表情了。

看著 Cherry 笑，好像就會覺得至少現在這一刻自己的行動是對的……只是，每每用身體來表達喜悅，我還是會有點傷腦筋。

「不、不客氣……」
「啊！花灑仔，你是不是在害羞？」
「也沒有……我才沒害羞！」
「啊哈哈哈！看你那麼拚命否認！原來你也有可愛的一面嘛！」
天真的笑聲；往我肩膀靠上來的頭。
柔順的秀髮碰到臉頰，讓我更加難為情了。

＊

後來我們逛完街，在一家評價很好吃的拉麵店吃午餐，然後來到一間咖啡館休息一下。
挑上這間店的是Cherry。也不知道她在意什麼，先四處張望了一會兒，然後用力抱住我的手臂，提議：「我們就進這間店吧！」一連串的動作令我印象深刻。
「可是，為什麼好死不死偏要在約會的時候吃拉麵……」
「沒有啦～～我之前就很想去，但一直找不到人一起去！有個吃完好吃的東西以後可以討論感想的人陪著，東西不就會變得更好吃嗎？所以，我一直想趁這個機會跟花灑仔一起吃！拉麵很好吃吧，花灑仔！」
「是，還挺好吃，不，是相當好吃……就是古早味豆芽菜醬油拉麵的感覺。」

「就是啊！真的，我好久沒這麼開心了！今天很謝謝你陪我喔！我超級感謝的！」

她喝了口加了滿滿奶精與糖漿的冰茶，再將嘴從吸管上移開的模樣，硬是非常性感，讓我忍不住移開目光。

「呃，我也……那個……挺開心的……」

「真的嗎？我好高興！那下次約會要訂在幾時——」

「今天這一次。我跟妳約會，就只有這一次。」

雖然忍不住覺得有點可惜，但不行就是不行。

「啊哈哈！那太遺憾了！不過，說得也是！要是你跟我太要好，就會被堇子仔罵了！一旦惹她生氣，可是很恐怖的～」

「Cherry 學姊曾經惹 Pansy 生氣？」

「只有一次就是了！記得好像是在我國中畢業的那個春假吧～」

國中時代的 Pansy 因為蒙他們拯救過危機，應該不敢對他們說出自己想說的話。

竟然會惹那種狀態下的 Pansy 生氣，妳到底做出了什麼好事……

「堇子仔她啊，對我邀的事情都絕對不會拒絕，但就只有一次……大家約好要出去玩，她卻不來。」

「會不會只是另有別的行程？」

「我覺得應該是，但明明約好了，她卻連個聯絡也沒有就直接不來耶。你不覺得照堇子

仔的個性，要是她有事不能來，應該會事先聯絡？」
「有沒有可能就只是不想參加，臨時放你們鴿子……」
「不會，這應該也不可能吧！證據就是之後我們邀她，她也都會來！哎呀～那天真的鬧得好大！水管仔可有多擔心堇子仔～！結果我們取消計畫，展開了堇子仔搜查網！」
這的確會這樣啊。換作是我們，大概也會做出同樣的事情。
「但我們就是找不到！就算跑去堇子仔家，她也不在，其他堇子仔會去的地方也都跑過了，就是找不到人，完全束手無策耶！」
「後來怎麼樣了？你們就一直找到把人找出來為止？」
「結果還挺乾脆地就解決了！到了晚上，堇子仔跟我們聯絡了！說是：『我臨時有事，所以沒能參加，對不起。』這樣！」
搞什麼，結果明明就有聯絡嘛。
「然後啊，再下次見到面的時候，我就問她：『妳上次為什麼沒能來？』這樣！」
「結果問出理由了嗎？她不想說的事情，絕對不會說……」
「花灑仔果然有一套！你很清楚嘛～！就如同你所說的，不管我怎麼問，她就是不肯說！……只是，這就讓我火大起來，忍不住對堇子仔說：『反正還不是因為一些無聊的事就故意不來！』……」
該怎麼說，這光景非常容易想像啊。

Cherry 從以前就是這樣，一情緒化就會失言。
「結果，平常都很文靜的堇子仔有夠凶狠地瞪著我說：『請妳不要擅自認定。』……那個時候真的好可怕……雖然的確是我不好啦……」
我看是半斤八兩吧。畢竟真要說起來，起因在於 Pansy 不聯絡就放他們鴿子。
不過，Pansy 生氣啊？我看過她生氣的情形幾次，真的有夠可怕耶……而且要是知道我現在在做這種事，她會不會暴怒啊？
我看還是趕快結束約會比較好。
「啊～～……Cherry 學姊，我們是不是差不多該走了？」
「咦？嗯～～……也對！目的也完全達成了，我們就離開這間咖啡館吧！」
妳說目的達成了？該不會其實她只是很想去，卻又找不到人一起去才裹足不前，單純就是想去這些地方而已？
總覺得我這樣老是防著她真有點過意不去啊……
「我、我說啊！花灑仔！」
回程路上到了站前，Cherry 就下定決心似的強而有力地開了口，抱住我手臂的力道也呈正比加強。
「怎麼了？」

「回去之前，我還有一件事想說……可以嗎？」

呵。終於來啦……剛才明明說目的已經達成了，結果還有？

「好的，可以啊。」

我以鎮定的語氣這麼回答 Cherry。

哎，我早就想到會是這樣，所以沒有嚇一跳也沒有感到疑惑。

「真的很謝謝你！我好高興！」

沒什麼好慌張的，畢竟這四周哪兒都找不到可以坐下的地方啊！

也就是說，就算有事要找我商量，也很可能沒什麼大不了的！

「那麼，我們要在哪兒說話？在這裡不太方便說……嗯～……」

別這麼在意小地方，我們就在這裡站著說…………嗯？嗯嗯嗯？怎麼跑出了貨運工小哥，搬了個很大的長方形物體過來……

「嘿咻！這樣就是長椅剛放！」

可不可以請你不要說得像是油漆未乾那麼簡單～～～！

為什麼偏偏就是這麼巧，會有長椅搬運業者唐突地冒出來啦！

不妙！得趕緊離開這裡才行！Cherry 她……

「啊，呃……可以先請你坐在我旁邊嗎？」

好快。太快了啦，Cherry 學姊。請妳不要看到長椅剛放好就立刻坐下。

是我認為四周沒有長椅就掉以輕心，結果適得其反啊……

「…………是。」

我完全死心，聽從 Cherry 的吩咐，在坐著的她「左側」坐下。

可是，我都聽話了，Cherry 卻不說下去。她似乎相當緊張，視線朝下，雙手忸怩揉搓……咦？咦咦？這是不是不太對勁？

照平常的流程，都是坐下之後把頭髮捲著玩……現在卻是雙手忸怩揉搓？

而且，我坐的位置也和平常不一樣……是「左邊」啊！

「呃～～……總覺得好緊張喔！啊哈哈哈！」

Cherry 笑著像是想要掩飾。她的話加速了我腦子裡的疑問。

不對勁啊……台詞和發展方向顯然都和平常不一樣啊！

「我接下來要說的……是只想讓花灑仔一個人知道的事……」

和平常不一樣，和平常不一樣……也就是說，不是平常的期望落空模式，而是真心模式？

接連遭逢不幸的我，終於要迎來好結局了嗎？

Cherry 她遭逢慘痛的失戀……

所以她是為了排遣寂寞而想要男人……對我萌生了戀情？

不對不對不對！這麼好的事情…………是不是也不會不可能發生呢！

畢竟我們剛剛的約會也是沒什麼內幕的打情罵俏約會耶！

「是、是嗎……」

「我一直在煩惱，我腦袋裡也知道這種話不該說！可是啊，我還是無法抗拒自己的心意……所以，聽我說我的心聲！」

終於……終於要來了嗎！對我來說爽到最高點的板凳事件要來了嗎！

哎喲～～！男人太受歡迎可就難為了啊！姆呴！姆呴呴呴！

「花灑仔……」

Cherry 做好心理準備，強而有力的目光鎖定我。

她的眼睛很迷人，有著不可思議的力量，連我的心都一把抓住，讓我看得目不轉睛。

Cherry 的眼睛慢慢接近，鼻尖傳來 Cherry 的鼻尖碰上來的感覺。

受不了……男人太受歡迎，實在很命苦啊……

「當我的大變態男朋友！」

真的搞得很命苦啦啊啊啊！怎麼好像還掛了個多餘的選配？

「什麼？大、大變態？我為什麼要搞這種——」

「契機當然是今年棒球校隊打進的地區大賽決賽啦！」

給我聽完我問的問題啊～～～～！不要擅自進行下去！

而且，竟然是「今年」？妳別鬧了！

怎樣？坐在左邊，就會變成今年的事情？這個新制度是怎樣！

「當時，比賽和打賭結束後，水管仔好沮喪。我本來想鼓勵他，但也因為就是我把髮夾交給了花灑仔，水管仔才會輸掉，我實在沒這個臉……你想想，如果我沒交給你，你們兩個的打賭不就會平手嗎？」

是啊，妳被 Cosmos、葵花和翌檜說服，把髮夾交給我。

坦白說，妳的確處在不方便去安慰他的立場。

「我不知道該怎麼辦才好，開始害怕，當場拔腿就跑。然後，我也只能回家，於是就從東出口出去……結果遇到一個不認識的男生對我表白：『我一直看著妳……我喜歡妳！請妳跟我交往！』……」

啊，是從東邊跑出去啊？這點倒是和上次的 Cosmos 學姊有點像耶。

「可是，我心中還對水管仔有意思，就拒絕了他。可是，這個男生說什麼都不肯讓步，從這一天起，好幾次死纏爛打要我跟他交往。我實在沒辦法，忍不住說了謊：『我有男朋友，所以絕對不行！』……」

哎呀呀～～？這事態可開始往不對勁的方向發展了喔。

「結果這個男生問我：『該不會就是在地區大賽的決賽那天，揉了妳胸部的大變態？』我就忍不住回答：『嗯。』……」

妳這女人講這是什麼話！所以妳才會跑來找我？

我才想裝厭世耍耍帥，沒想到早就變成大變態了！這是怎麼回事啦！

「這個男生對我說：『那種只對胸部有興趣的大變態配不上妳！妳最好馬上跟他分手！』可是我已經不能回頭……就很堅定地對他說：『但我就是那麼喜歡他！我告訴你，反而是他那種只對胸部有興趣的變態感讓我上癮！』……」

我對胸部以外的事也有興趣，為什麼我會變成專攻胸部的大變態？

不要自己搞出不能回頭的狀況，再把我拉進爆炸中心點。

「所以，只要撐到他死心就好！請你假裝是我的大變態男友！」

Cherry 滿臉通紅，哀求似的看著我。

原來如此。說是男朋友，也只是假裝男朋友啊。這下我可清楚明白了。

但管他有沒有冠上「大變態」這個字眼，我的回答都一樣。

「我絕～～～～對！不幹！」

我連敬語都忘了用，全力拒絕。

「好、好過分喔，花灑仔！虧我們今天感情那麼好地一起玩了一整天！」

「妳別鬧了！要是我知道有這種隱情，根本就不會來！」

「我當然也覺得過意不去啊！可是，那個男生好會纏，之後也一直跟蹤我，跑來對我說奇怪的話，我好怕啊！」

那當然會怕了！我也怕得要命，根本不想扯上關係啊！

說穿了，不就是遇上跟蹤狂了嗎！

我已經被另一隻跟蹤狂纏上，可不想再來一個！

「我又不能去依靠水管仔……拜託，花灑仔！救救我！」

真要說起來，要是我和 Cherry 打情罵俏的模樣被這樣的傢伙看到……嗯？

「喂……Cherry。」

「做、做什麼？該不會是，你改變主意了？」

不好意思啊，在妳用滿懷期待的眼神看著我的時候講這種話……

「妳這女人，從昨天就硬是很拘泥在『約會』是吧？而且，今天也給我鬼扯什麼『純粹想開心地約會』，硬是搞得卿卿我我……」

「呃～～……是這樣嗎？事情是這樣子嗎～～？」

喂，妳還給我流著冷汗撇開視線咧。

「尤其誇張的就是待在手創館還有進咖啡館的時候，妳都是先四處張望，然後突然整個人貼到我身上吧？」

「哎呀～～！這裡好熱啊～～！是不是冷氣不夠涼呢？」

畢竟這裡是室外，當然不會有什麼冷氣了。

「妳該不會是……發現那個跟蹤狂在場，所以刻意過分地打情罵俏給他看……」

「啊～～……啊哈哈哈哈……被、被你發現啦？嘿嘿☆」

「妳這臭女人！把我純真的心意還給我！妳做的事情簡直讓人不敢相信！」

啊啊啊啊！早知道就寧可選不做而後悔啦～～～！好想回去痛揍過去的我一頓！哪有什麼到時候再說！這可不是搞出挽回不了的事態了嗎！

「我也不喜歡，也是忍耐著在約會啊！」

「妳這是什麼口氣？用過去進行式把我牽連到麻煩事裡，還用現在進行式刺傷我咧！而且還給我加上大變態這個屬性！」

也就是說，現階段我變成跟蹤狂目標的可能性根本就很大嘛！

「不、不好意思啦！可是，除了花灑仔以外，我也沒有人可以依靠……對、對了！你摸了我的胸部，所以你欠我的本來就應該還我吧！」

「今天的約會就扯平了好不好！不要給我亂加利息！」

「那……那，髮夾的份！我把髮夾給你，這人情你要還……」

「這明明是利害一致好不好！而且當時妳難道希望水管贏嗎？Pansy和水管就這麼交往下去，妳無所謂嗎！」

「唔！……這是不好啦……花灑仔還有沒有欠我什麼人情……」

哼！妳再怎麼嘀咕著想破頭也沒用！我哪還有欠妳什麼……

「……圖書室。」

「啥？」

「還有圖書室這件事吧！當初西木蔦高中的圖書室快要關閉，需要增加使用者，我們就有去幫忙！也可以說就是多虧我們幫忙，圖書室才能留到現在吧！」

「唔！」

「唔嘻嘻嘻！這可是不折不扣的人情債吧～～？」

她說得沒錯……無論有什麼樣的盤算，若不是有水管和 Cherry，他們幫忙出了很多主意，相信現在圖書室已經關閉了。

也就是說，在遇到現在使用者過多的問題之前就會先玩完了。

「好的！那就確定花灑仔是我的男朋友！期限就到解決跟蹤狂為止！」

Cherry 以確信自己獲勝的笑容，手指筆直朝我一指。可、可惡啊～～……

「……我明白了。」

我放棄一切，再度恢復敬語，這麼回答。

「太棒啦！那以後暑假期間你就要跟我約會，第二學期開學後，你放學就要過來唐菖蒲高中！」

「我怎麼覺得後半段多了些奇怪的附帶條件？」

「唔！虧我還以為可以一起帶過，沒想到你還挺敏銳的……」

誰會讓妳帶過？還若無其事想給我在麻煩裡加上更多麻煩咧。

「跟你說喔，唐菖蒲高中啊，到了第二學期，就要由學生會提供各社團需要用到的器材……然後，大的東西我們會請業者送，但為了節省運費，手拿得動的東西則由學生會向學校領預算，直接去買。」

唔。這是西木蔦沒有的文化啊，也就是所謂的採買是吧。

……總覺得好像漸漸猜到接下來要談什麼了……

「然後，如果那個人在我和學生會幹部一起的時候跑來，就會很傷腦筋，所以希望花灑仔也能一起來……」

「老實說我是外校來幫忙的不就好了？何必特地裝成男朋友……」

「如果可以就好辦了。我們學校的團結意識很強，對外校來的人不會給好臉色看。但我想到只要有男朋友這個名義，其他人應該就比較能接受！而且，我也已經跟學生會的人這麼說了……」

這女的到底要把事情搞得多複雜才甘心？

不過，我也多少能夠體會。上次我們學校的圖書室面臨關閉的危機時，形式上是由我們請求他們協助，但這次是相反。既然如此，最好是有某種名分。

然後這名分就是「Cherry 的男朋友」這個頭銜是吧？

唉……其實我很不想這樣，但問題最好還是能趕快解決……

「……我明白了……那第二學期的放學後，我會去唐菖蒲高中……」

「謝謝你！我就相信你會這麼說！」
我就說吧？雖然我也只能這麼說。
「順便提一下，我跟大家說我的男朋友『跟我獨處的時候是個大變態，但平常是個畏畏縮縮又懦弱的平凡男生！可是，遇到緊要關頭又非常靠得住』！」
如果省略大變態，根本就只是水管嘛。
「好～～以後稱呼也得改了！那麼，以後請多指教了！……『雨露仔』！」
她雙手抱胸把胸部擠出來，做出忸怩的模樣。
這是在開始擺出女友臉是嗎？真會給我添麻煩到了極點……
「好的，今後也請多多指教了……Cherry 學姊。」
「那就改天見了！今天真的很謝謝你！」
Cherry 丟下這句心滿意足的話，起身走遠。
然後只剩我一個人，一陣風呼嘯而過。
……Oh My God。
這個時候的我滿腦子只能想到這句話。

*

星期天……昨天發生的那起意料之外的大麻煩，讓我仍處於恍惚狀態，踩著沉重的腳步走向碰面地點。我和山茶花約好碰面的地點，是在商店街的鐘台前。

時間和昨天一樣是十點。要是遲到恐怕會被宰掉，所以我提早三十分鐘前去一看，並未看到山茶花……太早來了嗎？

「好慢！你要讓我等多久！」

「……咦？哇！山茶花，原來妳已經來啦！」

背後傳來吼聲，我轉身一看，戴著草帽、穿著白色連身洋裝、雙手提著籃子的山茶花，正狠狠瞪著我。

「唔哇～～……」

這種正中我好球帶中心的打扮是怎樣！

「怎、怎麼？我有哪裡奇怪嗎？」

「不會，不會奇怪！一點都不奇怪！」

反倒是太可愛，讓我不敢直視！只好稍微撇開目光……

「啊～～！你在看旁邊！果然很奇怪！嗚嗚～～！虧我那麼拚……」

「不、不是啦！那個……是因為太好看，我有點難為情……」

「……咦？」

糟了……我忍不住多嘴了……我也許已經死了……

「什麼嘛～～！既然這樣，一開始就直說啊！怎麼，所以你是不好意思看我喔～～！真拿你沒辦法耶～～！」

總覺得她有夠得意忘形起來……還真有點好玩。

「不好意思啦……」

「沒關係啦！你有好好誇我，我就原諒你！還有，你遲到一個半小時，我也破例睜隻眼閉隻眼！呵呵呵！」

……妳心情好是很好啦，但可以讓我問個問題嗎？

「我說啊，山茶花，我們約好碰頭的時間，那個……是幾點來著？」

「啥？你問這什麼問題？想也知道是十點吧？」

順帶一提，現在時間是九點三十分喔。

卻說我遲到一個半小時，也就是說，山茶花搞不好……

「…………」

「怎樣啦？擺出那種怪表情。」

「沒有，什麼事都沒有。」

嗯，還是別提時間的事吧。我有預感，一提起我就會被宰掉……

「那我們趕快走吧！……啊！還有，先跟你說，午餐要在公園吃！」

「公園？不挑一間店來吃嗎？」

「那、那個……就是啊！昨天晚餐剩了很多菜！所以，你要幫忙處理剩飯剩菜！我、我可不是為了你才做的，才不是這麼回事！真的只是剩飯剩菜！」

「這樣啊……知道了。」

看她面紅耳赤地慌了手腳，但一定是因為要我幫忙吃剩飯剩菜，覺得過意不去吧。除此之外我想不到她還能有任何一丁點別的感情。

「為什麼沒開啦！」

「有什麼辦法？營業時間都還沒到……」

山茶花和我最先前往的，是位於商店街的遊樂場。

她似乎是因為在夏季廟會玩打靶時一塌糊塗，所以想玩個射擊遊戲來雪恥，但不巧的是遊樂場的營業時間是從十點開始。現在是九點四十五分。

也就是說，無論山茶花怎麼抱怨，十五分鐘內店家的自動門都不會打開。

該怎麼說，一開始就太出師不利了。

「真沒辦法。那我們就隨便找個可以坐下來等的地方——」

「喔喔喔喔！山茶花，不要再說了！」

「呀！你、你幹嘛沒事握人家的手啦！」

好險！差點一開場就發生死亡事件了！

「妳聽好了，我就明明白白告訴妳吧！今天，絕對……絕～～～～對，不要想跟我兩個人起坐在長椅上！拜託！」

「啥啊？這是為什麼？」

「那個……很難解釋，但總之，妳就當作我患了一種只要坐到長椅上就會不幸的病！真～～的！拜託妳！」

拜託一定要聽到我的心聲啊！我都這樣拚命雙手拍在一起求妳了！

「啊……你就這樣放開喔？」

「咦？放開什麼？」

我這麼一問，山茶花就滿臉通紅。

「什麼都沒有！不要有事沒事就亂問一通！……總、總之！既然你這麼堅持，我就答應你！只要今天都不跟你一起在長椅坐下就行了吧？」

「對。這樣就行了！謝謝妳啦！」

「這種小事也不必一一道謝吧……」

看來山茶花聽見了我的心聲，用小指搔著臉頰答應了。呼……這樣一來，今天大概就不要緊……不對，還不能大意！

「啊，時間正好到了！那我們上吧！要洗刷上次的恥辱！」

說著說著，順利等到遊樂場開店，我和山茶花一起進去。

「啊〜〜！都死掉了啦！你要怎麼賠我啦？」

「呃，妳這麼說我也沒輒……我也一樣殺得忙不過來……啊！」

結果山茶花的雪恥戰戰績差強人意。看來她對射擊還是很不拿手，轉眼間就被殭屍吃掉了。然後我顧著回應她的抱怨，結果自己也被吃掉了。

「喂！你也不行嘛！剛剛你還那麼跩，真沒出息！」

「我也沒有多跩……呃，要接關嗎？」

「不玩了不玩了！這種遊戲誰玩得下去！下一個！」

「下一個妳打算玩什麼？」

「這個嘛……你來決定！」

山茶花朝我一指，心情大好地這麼說。

「啥？我？」

「對啊！如果都是我在做自己想做的事，那就太不公平了吧？所以，下一個由你來選！來，說吧！選什麼都行喔，要、要拍大頭貼也行！」

山茶花雖然說話粗魯，但很多小地方都很貼心耶。

當然這貼心的對象並不侷限在我身上。

她和紅人群一起的時候，也都會好好聽大家的意見，有人不說話時，也會找話題給這個人，是個懂得顧慮周遭的貼心女生。

……可是就現在而言，總覺得她若無其事地摻進了自己的要求啊……

「我、我好好說出來了！今天的我，好努力！」

真不知道她要到何年何月才會發現自己講話的聲音有多大……

「那麼，要不要去拍個大頭貼？呃，就當作今天的紀念……」

「真的？……真、真拿你沒辦法耶～～！既然你這麼堅持，我就破例跟你一起拍大頭貼吧！你可別誤會啊，這只是順便！呵呵！」

這也許是我第一次遇到大頭貼是順便拍的人。

「那我們上吧！我、我話先說在前面，你要是敢亂來，小心我宰了你！」

山茶花帶著天真的笑容，純真地在這個空間裡樂在其中，光是跟這樣的她在一起都覺得開心。

我這才想到，小桑在暑假時說過一句話。

說重要的不是在哪裡，而是跟誰在一起。我現在很能體會這句話的意思。

「我知道，我什麼都不會做的。」

「你幹嘛什麼都不做啦！」

「……對不起。」

雖然有時候這種蠻橫不講理實在令我頭痛就是了……

＊

之後一直到正午，我們都在遊樂場玩。

我們兩個人一起拍了大頭貼後，玩玩夾娃娃機、跑個賽車遊戲、來個猜謎遊戲，說來說去倒也玩得十分盡興。

順便說一下，我拍大頭貼時當然什麼都沒做。

山茶花大概是在緊張，喘著大氣，嚇死我了……

要是有一根手指頭碰到她，八成二話不說就會被宰了。

接著我們離開遊樂場，前往公園吃午餐，兩個人一起在山茶花準備的野餐墊坐下。當然也不忘查看，確定四周沒有那玩意兒。

「所以，你做好覺悟了嗎！」

「好、好了……」

山茶花充滿鬥志，以相當犀利的目光瞪著我，但若要說她做了什麼，其實也只是打開籃子。似乎是不好意思秀出剩菜剩飯。

「……來！這、這個！」

「哦～～……除了高湯煎蛋卷以外，還有很多種菜色啊。」

「不、不用說感想了，趕快吃一吃啦！來，用這個擦手！」
她滿臉通紅，把濕紙巾遞給我。我擦過手後接過筷子，吃了山茶花拿來的這個用剩菜剩飯構成的便當……每一樣都有夠好吃。
「謝謝招待，好好吃啊。尤其放了茼蒿的高湯煎蛋卷更是棒透了。」
「是、是嗎？……哼哼！好吃吧！我練了好久……啊！這是剩菜啦！」
是嗎？想必她昨天晚餐一定煮太多了，竟然剩下這麼多。
啊啊，好和平……微風吹起來好舒暢。
如果能就這樣太平無事地度過今天這一天，相信一定會是很棒的一天……嗯？
「山茶花，妳的手機在震動。」
「咦，會是誰……呃！」
一看到智慧型手機的畫面，她明顯皺起眉頭。
而且她似乎在煩惱該怎麼辦，一直看著手機畫面，並不動手操作。
「怎麼啦？有什麼重要的事情嗎？」
「才、才不是這樣！只是，那個……爸爸打電話來……」
啊～～是令尊啊？該怎麼說，這實在不太好說什麼啊……
而且，要是被他知道我和山茶花在一起，他大概會宰了我吧？
「……我看還是接一下比較好吧？」

「可、可是！唔唔～～……好啦。」

山茶花似乎做好了心理準備，點了點手機畫面。結果……

『亞茶花～～～～～！都是爸爸不對！是爸爸不好，原諒爸爸啊～～～～！』

手機傳來大得不得了的說話聲……他們架還沒吵完啊……

「爸、爸爸！你太大聲了！我現在不太方便講——」

『亞茶花一大早就不見，爸爸好寂寞啊～～！一問媽媽才知道，亞茶花說今天要跟重要的人出門，早上四點就起床，有夠賣力地做便當——』

「唔呀啊啊啊啊啊！」

好吵！她發出有夠大聲的尖叫，二話不說就掛了電話！

「你聽見剛剛那幾句話了？」

「沒、沒有，我沒聽見！我什麼都沒聽見！」

「你說的是實話吧！是真的，真的沒聽見吧！」

「就說我沒聽見了啦！」

我右手拇指和食指互搓，拚命辯解。

對不起！其實我都聽見了！

「我、我說啊，山茶花，我看今天妳就先回去比較好吧？大叔似乎也擔心妳……」

「可是，我們才剛吃完中餐……接下來還要去很多地方……」

山茶花似乎還不想回去，垂頭喪氣地唸唸有詞發洩不滿。

然而再這樣下去，多半會展開爸比搜查網，我實在很怕。

「……他又打電話來嘍。」

「可是……！可是～～！」

不妙啊……她快進入耍脾氣模式了。畢竟有其父必有其女。

要是讓她鬧下去，很多事情就會很麻煩……

「那、那這麼辦吧！今天我們就到這裡，下次再繼續，怎麼樣？下次我絕對不會忘了約定！……好不好？」

「真的？你還願意陪我一起玩？」

「嗯，那當然了。所以，趕快接電話……」

「太棒啦啊啊啊啊啊啊！我們說定了！一定，一定喔！花灑！」

「好……好。」

不要雙手那麼用力握住我的手。妳很多小動作都太可愛，讓我很為難，但躺在塑膠布野餐墊上的智慧型手機發出的那嘆氣般的震動，硬是讓我在意得不得了。

「嘻嘻嘻嘻……啊！那今天我就好心點，到這裡為止吧！你可別忘了約定！要是你敢忘記，小心我用拳頭招呼你啊！用拳頭！」

「就說我知道啦！」

山茶花最後秀了一記她拿手的「哼！」，俐落地開始收拾。

她父親的嘆息還在持續。

「這樣就好了……嗯，那就這樣啦，花灑！我們改天見！」

「好。今天謝謝妳啦，還有，要跟大叔好好相處啊。」

「呵呵，這是彼此彼此啦！我會好好和爸爸和好，不用擔心！」

太好了。雖然只是推測，這樣應該就能讓真山大叔原諒我了吧……我好努力。

話說回來，山茶花臨走時的笑容……有夠可愛的啦～

那麼，既然都只剩我一個人了……

「好耶～～～～～～～～～～！」

我朝天舉起拳頭，也不管旁人目光，全力歡呼。

怎麼樣！我辦到啦！我第一次徹底躲過了那玩意兒啊！

嗯～～？果然搬運業者給我跑來啦！可是，這招現在才用可就太遲啦！

「嘿咻！這樣就是長椅剛放！」

辛苦啦～～！可是太遲啦！我已經只剩自己一個，所以沒有人陪我一起坐喔～～！

那我也轉身回家去……哎呀？哎呀哎呀哎呀？

「花灑……我有些事情想跟你說，可以嗎？」

「我們有非常重要的事情要說！這件事非常重要，只能拜託花灑！」

「你應該有時間吧？畢竟本來你還要繼續和山茶花約會嘛！」

「不好意思喔，突然叫你！可是，這件事真的很重要！」

為什麼紅人群的各位會突然在我背後忸忸怩怩起來？

而且還四個人都一副有夠認真的表情注視我！

「妳、妳們怎麼，會在這……」

「呃……其實我們一直偷看你們兩個約會。因為擔心山茶花……還有，也是因為有一件事無論如何都要跟你說！」

紅人群的E子同學代表她們四個人開口。

我說啊……我的預感已經不是隱約，而是清清楚楚，我看今天坐板凳的對象搞不好不是山茶花，而是……

「啊，呃……可以先請你坐下嗎？」

原來是妳喔～～～～～！這角色也太出人意表啦！

……該、該坐哪一邊？右邊？左邊？一旦選錯，後果絕對不妙啊！

我正式和紅人群有所往來是從今年開始。既然這樣……選右邊～～！

所以呢，我就按照她的吩咐，在已經坐到長椅上的她右側坐下。

我和E子同學的背後則有紅人群的B子同學、C子同學、D子同學站著。

不會有事……應該不會有事……啊啊啊啊啊！她開始把頭髮捲著玩啦！

「那個……！唔唔……！」

是老樣子那招啊～～～～！這絕對是會出局的那招啊～～～～！

「其、其實呢……那個……我有事情要拜託花灑……」

不～～要～～啊～～算我求妳，不要再這樣了～～我已經忙不過來了啦～～！

「一想到這件事，我就覺得胸悶，光是每天想著就會覺得好幸福。我知道這樣很自私，但還是硬找理由，做了很多事情……」

我知道了。她要講的恐怕是山茶花的事。

雖然一直裝作沒發現，但山茶花的心意我其實已經察覺到了八成左右。

然後E子同學就是打算做出讓我的預感滿到十成的發言。

……然而不好意思，我無法回應這份心意。

因為在這之前，我就有一大堆事情非解決不可……

「我、我說啊……」

接著E子同學的臉湊了過來。慢慢地，但又確實地接近。

這實實在在是少女墜入情網的表情。看到她認真的眼神，我也堅定地做出覺悟。

當我們接近到彼此呼出來的氣息都會噴在對方臉上時，E子同學用力閉起了眼睛。

唔～～！女人緣太好的男人果然很命苦啊……

「請你當山茶花的大變態男朋友！」

真～～～的是有夠命苦啦！為什麼這個字眼又跑出來了啦！

「契機是去年棒球校隊打進的地區大賽決賽啦！」

這是慣例嗎？

地區大賽的決賽一舉辦，我就非得變成大變態不可嗎！

「那天比賽結束後，我們大家一起回去，還一邊聊著雖然比賽的結果令人遺憾，但大家已經拚命努力，明年一定會贏。」

嗯，就是說啊。畢竟紅人群的這幾位從一年級就很要好。

「只是，後來就出了問題！大家一起走出西出口準備回家，就有個我們學校的學生用奇怪的眼神看著我們……這個學生拿著相機，偷拍山茶花！」

啊，所以是從西邊出來啊。也就是說，葵花從西ＩＮ，紅人群的各位從西ＯＵＴ……然後這鐵打不動的東西邊各有千秋模式都不會動搖啊……

「他露出噁心的賊笑拍山茶花的照片……真的好可怕！所以，我們急急忙忙逃走！唯一不幸中的大幸就是山茶花沒發現這件事。你也知道，山茶花人那麼好，要是自己被牽連進奇怪的麻煩，不就很可能會為了保護我們而保持距離嗎？我們不希望變成這樣，所以……」

所以妳就代替大家來告訴我這件事？……為什麼？

「可是，後來他也一直繼續拍山茶花！山茶花到現在都還沒發現，倒是好事啦……」

……山茶花啊……妳到底有沒有這麼遲鈍？再怎麼說都該發現啦。

不，我也被某個跟蹤狂跟了一年以上都沒發現，所以大概也沒資格說別人吧……

「可是啊，後來發生了令人不敢相信的事情！今年第一學期快結束時，有一次上完體育課，我隱約有種不好的預感，急忙回教室一看，發現他一個人拿著山茶花的制服賊笑！」

是變態～～～！這傢伙絕對不妙啊！

這已經不只是胡不胡鬧的問題了啊！

「這讓我們再也忍不住，一起去問他到底打什麼主意！結果他說：『我崇拜山茶花，想把純潔的山茶花永遠留在我手上。』我在想到底要怎麼做才能讓他停手，忍不住說：『你給我差不多一點！山茶花有個大變態男朋友，已經被他汙染透了！一點也不純潔！』……」

喔、喔～～！劇情開始往不得了的方向飛躍了耶。

「結果他問我：『該不會是去年地區大賽的決賽時，瘋狂揉了山茶花胸部的那個大變態？』我忍不住回他：『那又怎麼樣！不行嗎！』……」

給我等一下啊～～～～～！又是胸部！又是胸部喔？

不要像以眼還眼那樣，以大變態還大變態啊！

「這……我在去年地區大賽的決賽上，有瘋狂揉山茶花胸部嗎……」

「不，就是有！你想清楚！大家一起幫棒球隊加油的時候，不就有個界外球飛來，打到

你的頭嗎？你就要暈過去的時候，身體失去平衡，結果就用力揉到山茶花的胸部！」
這是什麼情形？我被界外球打個正著這件事，是在翌檜事件簿那次就發現的，但之前從來沒說過這件事還有後續啊……不對，慢著。
我要仔細回想啊！要回想的不是去年地區大賽的決賽！
是翌檜刻意散布三劈報導，讓我受到紅人群逼問的時候！
當時還是A子的山茶花是這麼說的……
『既然翌檜這麼說……好啦。可是，妳要小心喔，因為這小子不知道會做出什麼事來。之前就有女生說被他突然摸了胸部。』
原來山茶花說的是她自己喔～～！還給我說得像是事不關己！
不過，要說自己胸部被摸也的確是不好開口啦！可惡！
「你看！山茶花還被拍到這樣的照片！」
E子從懷裡拿出幾張照片給我看。
多半就是從那個可疑人物身上搶來的照片吧。
「唔哇……」
「很過分吧？他身上的我們是都沒收了，但這些未必就是全部……」
她拿給我看的照片裡有很多只是拍到日常生活中的山茶花，但也有很多遊走邊緣的。
像山茶花在吃飯或是和紅人群其他人說話的照片是還好，但裡頭甚至還摻著她裙襬掀起的瞬間，或者是準備換衣服的照片。

所幸並沒有決定性的曝光照，但仍然相當遊走邊緣。

這很不妙耶……真是個讓人不想牽扯上的對手啦。

「所以花灑，拜託！保護山茶花！你想想，之前山茶花不也很照顧你嗎？像上次的賭注，還有今天也是！」

……的確。姑且不說今天，我確實欠山茶花不少人情。

在夏季廟會算是還了一些，但那些人情應該沒有廉價到這樣就可以還清。

所以我……

「……好吧。」

除了這麼回答，別無其他選擇。

「太好啦！那事不宜遲，從現在起，暑假期間你要多和山茶花約會喔！還有，第二學期開學後也要盡可能和山茶花在一起！」

「啥啊！這是怎樣？暑假是沒關係，但是第二學期……」

「這個人似乎是我們學校的學生，所以我就想說只要他看到你們兩個很要好的模樣，是不是就會相信我們說的話，不再接近山茶花！」

的確非常有道理啊……

「啊！只要尺度小一點，就算對山茶花做色色的事也一定不會怎麼樣的！」

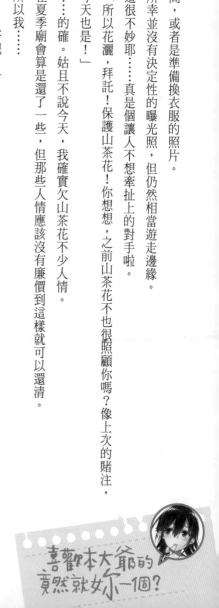

絕對不可能不會怎麼樣吧。我一定會被來自各方面的人宰掉吧。
「花灑，玷汙她～～！」
花灑，會受傷的～～！
「太好了！既然花灑願意幫忙，那這件事應該就可以跟山茶花說，這就由我們去說！那麼，以後也請多多關照啦！花灑！」
我總覺得她物理上比我強，似乎不需要保護，不去不行嗎？大概不行吧。
「今天很謝謝你！我們第二學期再見嘍！」
紅人群展現滿臉笑容，起身走遠。
然後，公園裡只剩我一個人，一陣風呼嘯而過。
……Oh My God。
真、真沒想到……會演變成這樣的事態……
第一學期開頭的……「想和心上人變成男女朋友」事件，是兩個女生喜歡一個男生，所以還算好……因為從某種角度來說，她們兩個找我商量的事可以同時進行。
可是，這次不一樣……有兩個人物接近兩個女生。
「大變態冒牌男友事件」，解決的過程非得分頭進行不可。
該怎麼說，我怎麼想都覺得自己的不幸程度又加強了……

【我對妳下定決心】

不知不覺間，我已身在草原。

陽光照得一片綠油油，美得如夢似幻的草原。

……咦？這是夢吧？……我該不會是累得睡著了？

話說回來，總覺得前陣子才作過這個夢……

記得我在這裡……啊啊啊啊啊！我想起來了～～！

「你答應過我的咿……為什麼……花灑……」

在我的記憶被喚醒的同時出現在眼前的，是有著褐色肌膚、咖啡色挑染深咖啡色的長髮的美少女——長椅子木製……也就是擬人化的長椅小姐。

這樣的她，以悲傷、絕望與憤怒交織的難以形容的表情注視著我。

「我給過你忠告咿……虧我一再叮嚀，就算我不在場也萬萬不能大意咿……」

木製用力握緊雙手，懊惱地吐露心聲。

沒錯……虧她特地來給我忠告，我卻把這一切都忘了！

「抱歉！我夢一醒就忘得乾乾淨淨……可是，下次我絕對不會忘記，我答應妳！」

「……真的？」

或許是我拚命辯解起了作用，木製眼眶含淚地看著我。

我覺得她的眼神已經沒了怒氣。

「是真的。一定！下次我一～～～定會記得！」

「嗯咿咿咿咿。那我就原諒你咿。而且，好久沒有被花灑的屁股坐，感覺還是好棒，所以我也有點開心咿……（臉紅）」

如果可以，我是希望妳不要動不動就提起我屁股坐下去的感覺這件事。

還有，妳的笑好猛喔。

「可是啊，那個，說來沒出息，我都已經坐下了，而妳跑出來也就表示……」

「不對……還有咿……還有剩咿。」

木製連連搖頭，這麼說道。

「……不是只有兩個人咿，還有另一個人咿……所以花灑，我再說一次，即使附近沒有我在，無論你待在我多麼不可能出現的地方，都絕對不要大意！第三個人，會來把引發最壞事態的鑰匙交給你咿！所以，希望你絕對不要跟這個人扯上關係咿！」

天啊！我的悲劇還沒結束嗎！

「知道了！下次我一定會遵守妳的忠告！所以，妳放心吧！」

「我就之道花灑會這麼說咿。你真是個好體貼的男生咿。」

「妳在說什麼啊？妳還跑進我夢裡來給我忠告，妳才體貼呢。」

我都不知道長椅竟然是這樣一個充滿慈愛的女生。

「我說啊，告訴我吧，這最後一個人是什麼樣的人？」

「是個純真又專情的人，為愛而活，為愛貫徹自我的人。也就是說，這個人有著不管什麼事都敢做的覺悟，是個很可怕的人咿。」

這種愛戰士到底怎麼會找上我……

不，也許就是因為為愛而活才會為哀所困，失去控制啊。

好～～！我知道了！這次我絕對不會搞砸！

「而且，不用擔心！為了讓你這次絕對不會忘記，我來替你施個魔法咿！」

「妳還願意特地為我做到這個地步嗎！謝謝妳！多虧妳了！」

「身為長椅，這點小事本來就是分內該做的咿。」

這可太令人感謝了！因為坦白說，我一直很擔心自己又會忘記啊！

「那麼……要來了咿。」

她以認真的眼神看著我，雙手輕輕捧住我的臉頰。

然後……【咚咚咚咚】……嗯？怎麼傳來一陣有夠吵的腳步聲？

「唔喔喔喔喔喔！這什麼怪物啦！」

木製的背後突然跑出巨大的土牆……不對！

這是洗衣板！一個洗衣板上長出手腳的怪物推開木製，用雙手牢牢按住我的肩膀！

「……！……！」

「咿～～～！」

就這樣開始用力前後搖晃我的身體！這傢伙是怎樣啦！

這就是魔法的效果嗎！

「你突然跑來做什麼咿！這裡是我和花灑的……」

看來木製也沒料到會發生這個超常現象。

就是說啊。讓人不會忘記的魔法，再怎麼說都不應該跑出洗衣板啊。

……不妙，我被搖得太用力，已經快要升天了。

可是，我怎麼會死心！得勉力把我現在的心意告訴長椅才行！

「啊嘿嘿嘿……嘿憨嘻嘿憨嘻，我嘻定胡嘿夯嘻～～」

「不行！你現在醒來就會忘記！還不可以醒咿！花灑！」

木製拚命呼喚，洗衣板死命搖我。

就在這種破天荒的狀況下，我的視野漸漸轉為一片純白。

第三章

「……花灑……花灑，該醒了呢，花灑。」
「……嗯喔？是、是小椿？」
我在身體被人用力搖晃的感覺中醒來一看，這裡是我打工的陽光炸肉串店辦公室。看樣子我是在休息時間睡著了。
「嗯。午休時間已經結束了呢。」
小椿確定我醒了，笑咪咪地說道。
雖然胸部很扁，但一醒來就有這樣的美女出現在眼前，我實在很幸福。
……可是，為什麼？有那麼一瞬間，小椿在我眼裡不是美女，而是巨大的洗衣板。
啊啊，對喔。我這才想起剛剛在夢裡……咦、咦？
「我剛剛作了什麼樣的夢來著？」
「不知道呢。我可沒辦法連你作什麼夢都干涉。」
說得也是。可是，總覺得我作了一個非～～常重要的夢啊～～
記得是……唔！全身莫名竄過一種被巨大洗衣板搖晃的神祕感覺，讓我想不起來。
「……算了，沒關係啦！大概就是因為不怎麼重要才會忘記吧！」
想不起就是想不起！完畢！結束！

「那麼，你差不多該回到崗位了呢。」

「嗯。小椿，包在我身上。」

好！那就努力打工吧～～！

*

下午三點，我比平常早了點結束打工，漫步在回家路上。

今天打工的時候，心情變得非常好的真山大叔跑來說：「如月如月！果然還是拚命道歉最重要啊！女兒心情銀河好，原諒了我啊！」回到平常的噁度，讓我放下心了。

相信山茶花也滿心想跟他和好吧。

除此之外我找不到任何會讓她心情銀河好的理由。

所以呢，關於我剩下的課題……

「花灑仔，這是怎麼回事，你該解釋清楚吧！」

「就是啊！怎麼來到你家，竟然有別的女人在，我可沒聽說這回事！虧、虧我努力打扮得漂漂亮亮……」

現在這兩位在我的房裡化為了修羅，就從跟她們解釋清楚開始吧……

我判斷與其分兩次進行，不如一次解決，於是跟她們兩個聯絡：『我有事想說，想請妳來我家一趟。』但也許是我話說得不夠清楚。

　但願她們肯好好聽我說……

「——所以，Cherry 學姊還有山茶花，希望兩位能讓我同時假裝是妳們的男友……」

我把事先準備好的茼蒿汁遞給她們兩位，很有禮貌地一鞠躬。

「這什麼鬼話！你不是要當我男朋友嗎？」

「不對吧！花灑仔明明答應過要當我男朋友！」

哇～～！兩個美少女在爭奪我耶～～！羨慕嗎？

可是啊，這是一場為了擊退危險跟蹤狂而展開的假男友爭奪戰。

有沒有誰可以代替我啊？

「是我先拜託的！花灑仔明明答應過我，說他不惜同歸於盡也要解決那個跟蹤狂！」

「順序根本不重要！他明明答應過我不惜被判處無期徒刑也要解決跟蹤我的人！」

我可沒答應到這種地步吧？什麼同歸於盡、無期徒刑，這是怎麼回事？

「呃，妳們兩個都先冷靜點啦。來，先喝個茼蒿汁……」

「你知不知道這是誰害的！」「你應該知道這是誰害的吧！」

「……對不起。」

「而且這果汁根本就不怎麼好喝吧！又苦苦的！」

「就是啊！竟然拿這種飲料叫人喝，我看你腦袋和舌頭都有問題吧？」

就算討厭我，也請不要討厭ＳＧＫ汁！（註：取自茼蒿的日文「春菊」羅馬拼音「ShunGiKu」當中的子音）

「我、我說啊……我對妳們兩位很過意不去！搞成這樣，腳踏兩條船！可是啊，兩邊我都沒辦法放著不管！妳們想想，是跟蹤狂耶。」

「「唔！」」

說到這裡，先前一直狠狠瞪著我的兩人露出了苦澀的表情。

雖說巧得可怕，但畢竟她們的際遇真的很相似啊，相信也有能感同身受的地方吧。

「……唉～～好啦……而且本來就是我來拜託你的……」

喔喔！Cherry 勉強接受啦！再來就看山茶花……

「唔唔～～！昨天我第一次聽她們講起，覺得好可怕……虧我聽說你會陪在身邊就又高興又放心……沒想到竟然不是這樣……」

「不，妳誤會了！我是真的打算陪在妳身邊，直到解決跟蹤狂為止！」

「……真的？你不會再騙我了？」

「那當然！」

而且我一開始就沒說謊啊。

被她這樣眼眶含淚地看著，就讓我不由自主地管他什麼事都想點頭。

果然她只要不凶暴就真的很合我胃……

「那我就相信你……要是你騙我，我就消滅你的五臟六腑……」

要不是有後半句，真的有夠可愛耶～～！偏偏就是有這後半句啊～～！

總算也得到了山茶花的許可，但我的五臟六腑成了人質。

「那我們就先互相自我介紹吧！妳們都還沒好好自我介紹過吧？」

「好啦！我是櫻原桃！在唐菖蒲高中當學生會長！大家都叫我『櫻桃(Cherry)』，所以妳也這麼叫我吧！」

「呃……我是真山亞茶花，是這傢伙的同班同學，大家叫我『山茶花』。」

嗯嗯。果然女生跟女生還是該好好相處啊！

好～～！順利度過險境了，接下來──【喀嚓】

「花灑同學，你們好像聊得很開心嘛。看你的臉都變得像水滴魚一樣了。」

「呵呵呵……身為學生會長，還請務必也讓我參加耶～～」

就來準備度過下一個險境吧！

為什麼事情已經穿幫了呢……

「妳們兩位的事可嚴重了！既然如此，也請讓我們盡一點心力！」

「就是啊，Cosmos 學姊，這個事件不能只交給花灑處理。」

「我是很高興啦，可是……這樣好嗎？我之前給你們添了好大的麻煩……」
「這件事不成問題，Cherry 同學。有困難的時候不就應該互相幫助嗎？以前圖書室的事情承蒙你們幫了大忙，這次輪到我們了！不是嗎，Pansy 同學？」
「是啊。雖然我不打算讓以前的事放水流，但就是因為不放水流才更應該報恩。」
「謝謝妳們……還有，之前對不起喔……」
「呃，我跟妳們兩個沒有……」
「真山同學，今年地區大賽時花灑進行的賭注，正是因為有妳幫忙才有現在的我們。所以，希望妳不要覺得妳和我們無關。」
「是、是嗎？謝謝妳們……」
聽完情形後，四名美少女聊得和樂融融。
至於 Pansy 和 Cosmos 為什麼會突然出現，這個疑問的答案就在我姊姊——Jasmin 如月茉莉花分別和 Cherry 跟山茶花進行的對話之中。
看來歡迎她們兩個進來的是姊姊，而當時她們兩個不約而同都說是「我的女朋友」。也就是說，這怎麼想都有問題。
於是專精於找我麻煩的老姊就以音速向 Pansy、Cosmos、葵花和翌檜四個人送出了這樣一封訊息：『雨露似乎同時和兩個女生交往，妳們知道什麼消息嗎？』
結果就是這個慘狀。也就是說，出現的就是今天沒有行程，能夠以渦輪加速行動的這兩個人。

至於剩下兩個，說是社團活動結束後會來。

……而我的現狀呢……

「哪需要做到這樣啦……」

不知何時從老姊那裡拿到的那本我國中時代寫的詩集被砸在地板上，封底還貼著一張紙，大大寫著「—Congratulations 地球—」幾個字。

「還、還好啦……那個……還、還不壞吧？雖然我是不太懂。」

「就、就是說啊～～！嗯！反而很帥氣吧！像是摻幾句英文的地方！」

別說了，不要提起。妳們的客氣反而讓我難受。

「這樣一來，『處罰：序』就完畢了。」

而且對我的處罰似乎還只進行到「序」。

光想到接下來還會被怎樣就覺得毛骨悚然，所以我乾脆不想了。

唯一不幸中的大幸，大概就是老姊和老媽不知道我的苦衷。

似乎是小桑也和她們兩個一起來，現在在客廳陪老姊和老媽說話，引開她們的注意力。

真的是幕後功臣。好友的全力掩護，讓我眼淚差點流出來。

眼前 Pansy 和 Cosmos 似乎也明白情形了，就先讓她們回家吧。

總覺得這次的事件相當危險，我不想把她們牽扯進來。

「那麼，已經可以了吧。之後她們兩個就由我——」
「花灑同學，我們剛剛不是說過嗎……說我們也要幫忙。」
「Pansy，這次妳乖乖抽手吧，她們是找我幫忙。」
「花灑同學，假設你跟我立場互換，你會乖乖抽手嗎？」
「唔！Cosmos 會長……這……」
「呵呵！說穿了就是這麼回事。」
……不行。她們兩個說什麼也要插手……
「如果真的變危險，我可會硬逼妳們抽手喔。」
「這不是現在該想的事情吧？」
真是的～～～！妳為什麼就不能乖乖說聲「嗯」呢！
「那麼，差不多該繼續說下去了吧，花灑同學。」
每次都這樣，事情就是完全不會照我的盤算進行啊……
「……好啦。首先，就從查出跟蹤 Cherry 學姊和山茶花的人開始。」
「可是，你要怎麼查？像我之前就完全沒發現……」
「很簡單。以後我也分別跟妳們兩個約會，然後，到時候我會盡可能注意四周，留意有沒有人跟蹤我們。我只是推測，對方八成會主動過來，所以用這招應該找得出來。」
「約、約會！……嗯！這樣很好。這也沒辦法，我就陪你約會！」

「花灑仔，這樣應該不太妙吧？」

嗯？山茶花很來勁，Cherry 卻很消極。

「畢竟你的長相有可能已經被跟蹤山茶花仔和我的人知道了耶。要是纏著我的人看到你跟山茶花在一起，就有可能發現你不是我男朋友，就只是個大變態假男友，作戰也就有可能失敗……」

大變態也給我拿掉。為什麼說得好像大變態是我的預設配備一樣？

「Cherry 學姊說得沒錯。雖然說得精確點……是個相當重度的人變態……」

「不妙啊……如果被對方發現他只是個大變態……」

我說啊，Cosmos 學姊、山茶花同學？原來妳們是這樣看待我的？

「你們三位這麼說，對花灑太失禮了。」

什麼？萬萬沒想到 Pansy 會這樣幫我說話……

「他本人可自認是個高貴的戀小兔兔癖大變態。」

少囉唆～～～～！喜歡小兔兔哪裡錯了！有什麼辦法？我就是喜歡啊！

「來，高貴的花灑大爺，還請告訴我們你打算用來解決櫻原學姊這個疑慮的對策蹦。」

包在我身上蹦……

「對策？你打算怎麼做？」

「呃～～其實我早就準備好東西，所以我想只要拿出來用就不會有問題……」

我一邊說一邊從書包裡翻出一樣東西。
沒錯，我的長相有可能被跟蹤 Cherry 和山茶花的人認出。
所以，我事先準備了一些用具來作為對策。
準備了只要戴上再分別和她們兩人一起行動，就可以相當勉強蒙混過去的王道變裝道具……墨鏡、口罩和帽子。

＊

為了迅速解決這次的問題，第一步要做的……
就是「查出糾纏 Cherry 的人物」與「查出糾纏山茶花的人物」。
然而，不需要由我方主動去找這兩個人。
原因很簡單，只要我和她們兩個約會，對方就很有可能主動出現。
到時候最應該避免的事態就是我和 Cherry 約會時，被糾纏山茶花的人看見，又或者是相反，我和山茶花約會的時候，被糾纏 Cherry 的人看見。
因為一旦演變成那樣，就難保對方不會發現我們的關係是假的。
於是，就輪到墨鏡、口罩與帽子……輪到這王道變裝套件出場了。
只要戴上這些東西，我的長相就不會被看到。

也就是說，即使發生先前她所擔心的事態也還勉強能蒙混過去。

雖然這模樣實在太可疑，可能會讓對方起疑，但只要能在懷疑累積到１００％之前查出糾纏她們的人物，應該就可以算是足夠的成果了。

所以呢，我們馬上進行了「用約會引出跟蹤狂」作戰，只是……

「結果都沒出現耶。」

「實在不順利啊……」

下午六點。很遺憾，今天的作戰以失敗作收。

Cherry 和山茶花兩邊都沒能發現跟蹤者。

之前聽說對方幾乎每天都跟著她們，所以我還以為馬上就能找到……

我好歹也分別找 Cherry 和紅人群問清楚糾纏她們的人是什麼模樣，但哪兒都看不到這樣的人。

不可能是我們忽略，畢竟是一直在暗中監視我們約會的 Pansy 明白地說出：「沒有任何人跟蹤。」一行內的好手都這麼說了，相信應該不會錯。

因此，今天就先解散……說是解散，Pansy 和 Cosmos 卻還待在我房間。

看來是想談些不方便被山茶花和 Cherry 聽到的事情。

其實我很想讓待在客廳的小桑也一起參加，但遺憾的是他和老姊一起去吃晚餐了。

起初我還打算就算有點牽強也要把他叫進我房間，結果老姊以厲鬼般的臉對我說：「雨露，你應該想跟 Pansy 還有 Cosmos 三個人慢慢聊吧？」讓我不敢違逆。

我感受到姊姊有多認真要進攻，覺得實在太可怕。小桑，你千萬要平安啊……

「……真的有這樣的人存在嗎？」

籠罩著沉默的室內，Pansy 小聲這麼說。

這大概就是「不方便被她們兩個聽到的事情」吧。

「也對。我也在想一樣的事。」

坦白說，如果這次的事是事實，那就相當棘手，但一切未免太巧。

其中 Cherry 尤其可疑。我有點懷疑她是另有圖謀才編造出這樣的事情。

至於山茶花……她自己之前都不知情，所以她本人應該完全沒有說謊，但「先前都不知道」的這個事實硬是醞釀出一種可疑的氣息。

說不定是紅人群另有圖謀……這也不是不可能。

「如果花灑同學和 Pansy 同學的假設正確，這問題就非常難處理了……要證明不存在，簡直就像費馬最後定理呢。」

雖然我不知道這是什麼定理，但還是知道那是非常艱難的難題。

「……我姑且是有打算啦。」

「有打算？是什麼打算呢，花灑同學？」

「就是想說決定一下假裝她們兩個的男友的期間。暑假期間……還有第二學期開學後大概一週左右，我會繼續當她們的假男友，但如果奉陪到那個時候還是沒找到跟蹤狂，就結束這種關係……妳們覺得怎麼樣？」

「嗯、嗯！我贊成！」

「我也贊成……花灑同學，你很棒呢，都有好好想到這些。」

「還、還好啦……」

她們兩個都面帶笑容直視我，坦白說還真有點難為情……

「那今天就到這裡結束。妳們兩個要回去的話，我送——」

「還沒呢，花灑同學。」

「是啊，Pansy 同學說得沒錯。」

「咦？」

她們兩個為什麼對看一眼，互相點頭？

該說的都說了……嗯？怎麼聽見一陣劇烈的腳步聲……

「花灑，這是怎麼回事！我怎麼沒聽說！」

這個啊，是因為我打算之後再跟妳說明啊，葵花……

「這是怎麼回事，花灑！請讓我殺命！」

翌檜，妳要講的是說明吧？絕對不是想要了我的命吧……

「好了，那就開始『處罰：破』吧。」

之後，我一邊對葵花與翌檜說明情形，一邊受到筆墨難以形容的處罰。我下定決心，真的要趕快解決這個事件，不然我會撐不住……

＊

之後的暑假期間，我戴上變裝套件，和她們兩個約會了好幾次，但至今仍未發現跟蹤者，狀況完全沒有進展。

要說有什麼進展，也就只有我在家中立場的惡化程度了。

畢竟她們兩個每次都會一起以我女朋友的身分跑來，家人當然會困惑了。

起初我的舉止還有幾分尷尬，但後來乾脆豁出去，擺出一副「這樣是理所當然的，不然咧？」的態度。雖然情形也沒什麼改變啦……

只是老姊後來似乎開始猜到了些什麼，勸我：「算了，隨你高興吧。不過，你可別無謂地傷害女生啊。」

我隱約覺得「無謂」這兩個字很沉重。因為在我聽來，就像在暗示我「最低限度」非傷害她們不可的時刻總有一天會來。

另外，老姊大學已經開學，所以先回去過她一個人住的生活了。

雖然不知道暑假期間她有了什麼收穫，但她臨走之際固然露出一貫的暴君姊姊面貌，同時也露出有點女孩子味的表情。

插手去管多半不會有什麼好事，所以我也沒多問就是了……

不管怎麼說，我們也在昨天結束了開學典禮，第二學期從今天起正式開始。

——下課時間。

「我們走吧，山茶花。」

下課鐘響的同時，我對坐在旁邊的山茶花說。

從早上到放學這段時間的任務，就是「查出糾纏山茶花的人物」。

因此，今天早上我不是和葵花一起，而是和在車站會合的山茶花一起上學。

然而根據紅人群提供的消息，糾纏山茶花的是我們學校的學生，所以我決定下課時間也要盡量和山茶花一起。

以前她們拿給我看的照片就有很多是在校內拍的，而且比起在校外約會，在校內約會八成還比較容易發現。這些盤算就是我這麼做的理由。

當然了，參加這項作戰的不是只有我和山茶花。一切都在監視之中。

早上有葵花，教室裡有翌檜，下課時間有 Pansy，分別在稍遠的距離外監視我們的情形並留意四周動靜。

順便說一下，放學後假裝是 Cherry 的男友這部分，則有 Cosmos 拿「以學生會長的身分同行」的名目提供監視協助。

「呃……山茶花？」

「呀、呀！」

我們又不是真的男女朋友，何必緊張得這樣挺直腰桿呢？照妳這樣會不會撐不下去啊？

「呃～～……如果可以，我是希望妳陪我一起來啦。」

「對、對喔！也好！我就超級破例陪……就捨命陪君子吧！」

我對山茶花這麼說，結果她似乎就是不好意思講出「陪你」這個字眼，說得比較委婉一點，然後以格外敏捷的動作……

「好、好痛！嗚嗚～～！」

山茶花忘了先拉開椅子就迅速抬腳，結果膝蓋在桌子底下撞個正著。

她眼眶含淚摸著自己的膝蓋。

「妳還好嗎？」

「還、還好！這點小事，根本沒……呀！」

看來就是有什麼。山茶花這次想好好站起，結果腳又卡到椅子，整個人順勢朝我……

「哎呀！妳還好嗎？」

猛力倒了過來，所以我接住了她。呼～～看來是沒受什麼傷……

「哇～～！花灑抱住山茶花了～～～！」

「好閃！有夠登對的！」

「沒交往個兩週，實在沒辦法這麼恩愛耶！」

「夏天都結束了，會不會打得太火熱啦？哪個人來把冷氣開強一點啊～～！」

這些聲援彷彿看準了時機才迸發，讓我在教室裡不是普通地受矚目……

「啊、啊啊啊啊……好難為情……」

至於最關鍵的山茶花本人，或許是因為自己撲進我懷裡的失態與這些聲援太難為情，變得面紅耳赤。

這難為情的程度強得冒蒸汽都不為過。好想趕快離開教室……

「「「「咻～～咻～～！」」」」

「妳們幾個，別這樣！我跟他一點都沒什麼大不了的……就只是有一些不可告人的關係而已！」

我覺得妳講的這種關係可很有什麼大不了的。

「花灑！趕快跟山茶花分開！不可以在教室裡卿卿我我！」

「就是啊！雖然我知道你們兩個有難以形容的關係，但還是應該顧慮到時間跟場合！」

葵花、翌檜，拜託不要再加速大家誤會的情形了……

真的是各種無地自容啊，我的精神力已經被消磨得殘破不堪了。

……嗯？怎麼手機在震動？會在這個時機震動，也就表示……

『花灑同學，我現在正在煩惱到底該不該生氣。』

果然是妳啊……看來不出所料，妳監視得有夠徹底。

後來我和好不容易復活的山茶花一起來到走廊上。

其實我有個連我自己都覺得很 Nice 的 Idea——

「好了，我們要找出跟蹤我的傢伙！以你的腦袋來說，這還真是個 Nice Idea！與其待在教室，裝作男女朋友的樣子走在走廊上的確比較有可能找到！」

我的 Nice Idea 已經被妳的 Big Voice 毀得一乾二淨。

「那麼，一開始你打算怎麼做？……我知道了！牽手就對了吧！」

不對，不是這樣。

「畢、畢竟我們形式上是男女朋友，這點小事我還可以忍耐！……啊！你可別誤會！我們終究只是假裝啊！假裝！」

嗯，所以說啊，不要這樣一個人鬧得起勁，忸忸怩怩地伸出手。

接下來要進行的不是跟妳卿卿我我作戰，是發現妳的跟蹤者作戰。

唉……看來是前途多舛啊。剛剛的對話如果被跟蹤者聽到就不妙啦。

如果可以，真希望對方這時候別在……哎呀？Pansy 又捎來聯絡了。

『有人在跟蹤你們。』

真的假的！真會挑這種最壞的時候……

『那是……真山同學的那幾位朋友吧。』

等等，原來是紅人群啊～～！說到這個我才想到，夏季廟會還有約會的時候，她們也都在跟蹤啊！

算了，說慶幸也是值得慶幸沒錯啦……

「啊！對了！欸，我有點事想問你……」

山茶花，妳是怎麼啦？說話聲音變得這麼雀躍？

「你午休時間有什麼打算？我是說，我們好歹也算是在假裝男女朋友——」

「午休時間，我打算待在圖書室。」

「……是嗎？……說得也是，我知道的……」

不好意思，這一點我不能讓步。我答應過 Pansy「每天都要去圖書室」。

放學後又跟 Cherry 有約，所以如果午休時間也不去，我就會毀約。而且我也非得幫忙處理圖書室的業務不可。

「所以，午休時間……還有放學後，可不可以請妳就別找我，去找妳朋友陪？因為我實在忙不過來……」

午休時間還有放學後就交給紅人群。

要是都由我在獨占山茶花，她和她們相處的時間就會減少，她應該也不想這樣；而我老是和山茶花待在一起，導致和其他人相處的時間減少，也讓我覺得不對。
所以，我是覺得這是個對彼此都有好處的 Nice Idea 啦……
「……我知道。我會乖乖照辦啦……」
但看著山茶花沮喪的模樣，就愈想愈覺得非常過意不去。
話說回來，這也不表示我就可以忽略圖書室的大家啊～
真不知道我為什麼會陷入這種夾心餅乾似的狀況……

我們在走廊上隨便走動直到下課時間快結束，但這次也並未發現跟蹤者。
也就是說，完全沒有成果，但一回到教室……
「哼哼！花灑和山茶花就像真的情侶一樣，好登對喔！」
E子同學非常亢奮地跑來，簡直像是覺得拿到滿分的成果。
「可是，還是要扣一點分數耶～～！花灑，你四處張望得太誇張了！你這個樣子，待在你身邊的山茶花就太可憐了啦！簡直就像沒被當一回事嘛！」
「不，我沒這個意思……」
「就算你沒有這個意思，女生就是會這麼覺得！男朋友不肯看著自己會很寂寞的！所以你要多注意喔！」
呃，我和山茶花終究只是假裝成男女朋友……等等，這是藉口啊。

「好啦……以後我會注意。」
「哼哼！那這次就破例原諒你！」
E子同學滿臉笑容。這只是我的想像，但紅人群當中跟山茶花最要好的，大概就是她了吧。畢竟暑假期間也是她們兩個一起逛購物中心。
「欸欸！那你跟山茶花的男女朋友關係怎麼樣？開心嗎？」
大概算是刺激滿分吧。畢竟一直到剛剛我們的假關係都還差點穿幫……
「與其說開心，不如說傷腦筋啊。一直找不到糾纏山茶花的人……對不起喔，還是沒有什麼進展……」
「這也沒辦法啊！說不定就是因為我們好好說過他一頓，讓他也變得小心了點！」
如果是這樣，可以當作已經解決了嗎？……不行吧，這麼說妳們絕對不會認同吧？
「說到這個，我打算要是再過一陣子對方還不出現，就暫時先不和山茶花假裝是男女朋友試試看。」
「咦～～！不行啦！這樣山茶花會很傷腦筋耶！」
大概吧。我可比她傷腦筋一百倍，現在就是這樣。
「說不定就是看到她有男朋友才死了心，這樣的可能性也是有的吧？」
「這……是沒錯啦……」
E子同學似乎希望我和山茶花繼續假裝是男女朋友。

她大概非常擔心山茶花，想必沒有任何其他盤算。

「不過妳放心吧，就算不再假裝是男女朋友，也不代表我就會對山茶花見死不救。嚴格說來，這是計畫的一環。我是想說只要不再假裝是男女朋友，說不定對方就會跑出來。」

然後要是沒跑出來，就可以判斷是死了心或者根本不是實際存在的人物，這件事就這麼結束。

「你這麼說我是很高興啦……唉……好啦……」

看來她姑且接受了，但終究只是「姑且」吧。

「……你們乾脆就這樣交往下去不就好了？」

就算妳小聲說，我還是都聽見了啊～

呃，我也覺得山茶花不但外表正中我的好球帶，只要扣除凶暴，就是個連個性也相當好的女生喔。可是也得看她的心意……而且除此之外還有很多事情要顧慮……

真的是喔，我怎麼會把狀況搞得這麼複雜啊……

＊

——午休時間。

第二學期開學後，圖書室仍然門庭若市。

放眼看去，有許多學生聚集在這裡，和第一學期恬靜的狀況相比簡直不像同一個地方。

只是這也讓我們忙得不可開交……

「花灑同學，可以請你去把讀者還書放回原來的地方嗎？」

「好，知道了，Pansy。」

「要找的書在這邊啊！看，就在那個書架上！」

先前大家都是一起吃飯，但既然忙成這樣，當然也就不可能如此。

所以我們採取交班用餐制。現在是 Cosmos、葵花、翌檜、小椿在閱覽區吃午餐，我、小桑和 Pansy 在處理圖書室業務。

分工是 Pansy 在櫃臺應對學生，我負責把書歸位，小桑則負責導覽。

因此，我一邊把書放回原位一邊聽著閱覽區的談話。

「忙成這樣，放學後有點令人擔心呢。放學後……就剩 Pansy 一個人了吧？」

就是說啊。小椿說得沒錯，放學後大家都有事要忙，所以只剩 Pansy。

雖然大家經過討論，要說有沒有想出辦法，也姑且算是有啦……

「不用擔心！我社團沒活動的時候就會來幫忙！我拜託網球隊的朋友，她們也說願意一起幫忙！」

「校刊社當然也一樣！就從今天起，放學後他們就會來幫忙！」

「學生會也一樣。趁暑假期間把得在第二學期前半決定好的事情都決定好，這個舉動奏

了效。我一徵求人手支援，山田就率先說願意來幫忙！」
順便說一下，山田是會計。
不怎麼重要，所以只簡單介紹一下。
山田同學，路人。完畢。
「這樣啊？那應該就不用擔心放學後的圖書室了？」
「嗯！不用擔心！」
「是啊！沒問題！」
「是、是啊……嗯，雖然只是暫時……」
對於小椿問出的問題，葵花和翌檜都回答得很開朗，但 Cosmos 欲言又止的反應才是正確答案。說不用擔心是沒錯，但這些終究只是暫時性的措施。
無論網球隊、校刊社，還是學生會，都是因為「現在有時間」才來幫忙。
也就是說，等到忙起來就沒辦法來幫忙。
因為我們需要的，是能永續幫忙處理圖書室業務的學生。
「對了對了，Cosmos 學姊！聽我說聽我說，網球隊的球網已經很舊，都破破爛爛了！所以，我們想要新的！拿得到預算嗎？」
「我們校刊社的印表機也舊了，經常卡紙，很傷腦筋，所以想要新的！還請把預算也分給校刊社！」

只是葵花與翌檜似乎並未發現這個問題，活潑地把各自社團的要求轉達給 Cosmos。

「這樣啊？嗯～～……傷腦筋啊。各社團預算已經分配完畢，現在才要追加實在……」

她身為學生會長，應該是極力想解決學生的煩惱，但這件事多半很難辦。

各社團分配到的預算多寡，與各社團先前的功績大大相關。

因此，今年會分配到最多預算的應該是棒球隊，而網球隊與校刊社應該會比較少。

網球隊在大賽頭幾輪就敗退，校刊社則是除了在校內發布校刊外，並未從事多少活動。

在這樣的狀況下，想跟學校要到換球網和印表機的預算，就連萬能學生會長 Cosmos 大概也很難辦到吧……

「……Cosmos 學姊，不行嗎？」

「呃，很難的話沒關係！我也只是想說如果可以就請幫忙一下……」

「不……那個……不會的！實現學生的希望是學生會長的職責！」

啊，看來 Cosmos 的壞習慣跑出來啦。

「太棒啦！Cosmos 學姊，謝謝妳！」

「好開心！真不愧是 Cosmos 會長！」

「哈哈哈！包在我身上！只要我來辦就萬事ＯＫ！」

「……是不是真的不要緊呢？」

小椿啊，好好說說她。Cosmos 一被人拜託就是會太賣力啊。

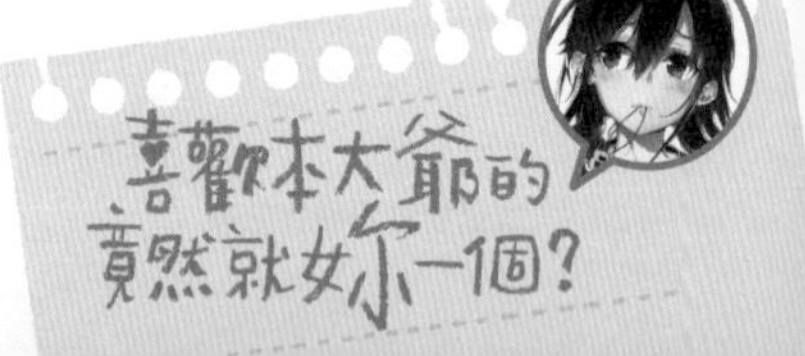

所以她每次都會滿口答應，事後才搞得自己很辛苦。
記得之前我還在學生會的時候，也不時會發生這樣的事情。
「那麼，具體來說，我們什麼時候可以拿到印表機——」
「哎呀！休息時間差不多要結束了！花灑同學、小桑、Pansy 同學，接下來輪到你們休息了！來，我們換班吧！」
妳逃避啦……所以，Cosmos 啊，妳為什麼有點眼眶含淚地朝我走過來？
「嗚嗚……花灑同學，怎麼辦……」
自己撒下的種子要自己好好收割啊。
「好、好了～那就換我們休息吧～～！」
「啊！怎麼這樣！聽、聽我說幾句話……！嗚嗚……花灑同學好壞心……」
我不想再背負更多奇怪的課題，所以絕對不朝沮喪的 Cosmos 多看一眼，走向小桑。趕緊以最快速度進入休息時間吧。
「小桑，Pansy，輪到我們休息啦。」
「喔，是嘛！知道啦！那我們就好好休息吧！」
咦？小桑怎麼好像比平常興奮了些？
雖然他平常就活力充沛，但總覺得熱血成分比平常多……是怎麼回事呢？是遇到什麼好事了嗎？

「嘿嘿！花灑，我會讓你見識見識我的熱血吃法，你可要跟上啊！」
「喔哇！」
他轉動肩膀和手臂轉得有夠用力啊。這衝擊相當強，讓我不由得有點腳步踉蹌。
「嗯、嗯……」
「我就相信你會這麼說！好！我熱血沸騰起來啦！」
好友，你真的是怎麼啦？豈止是興奮一點，根本有夠興奮的嘛。
不過，我的這種疑問並未得到解決，就這麼和興奮得不得了的小桑以及 Pansy 一起吃了午餐。

*

——下課時間。
下午的課上完的同時，我和山茶花再度從教室來到走廊上。
才剛走出去，從稍遠處監視的 Pansy 就傳來聯絡。
『花灑同學……你要小心喔。』
難得傳了體貼的話來嘛。我知道的……包在我身上。
「你是怎麼啦？突然擺出正經的表情……」

看樣子山茶花並未發現，表情一愣一愣。

可是，錯不了……有人……給我跑出來了。離我們有點遠的牆邊站著一個學生。

這個人頻頻探頭窺看我們這邊，又立刻躲起來。

當然不是紅人群諸位。她們被山茶花惡狠狠地警告：「別給我跟來！」現在正乖乖待在教室裡。

「山茶花……我們過去那邊的樓梯。」

「咦？為什麼突然……啊，該不會是……」

我默默點頭回應。山茶花似乎也發現了發生什麼事。

因此我們兩個人就這麼並肩走向與這個人相反的方向。

「山茶花下樓梯去，和 Pansy 在樓下會合。我來跟對方談。」

「可是！這樣的話，就只有你會非常危──」

「不用擔心。被盯上的是妳，這裡就交給我。」

「……要是發生什麼事，你要立刻叫我。還有……謝謝……」

彎過轉角後，我看著山茶花走下樓梯，自己一個人在牆邊待命。

只要待在這裡，八成……果然怕跟丟，追上來了啊！好！

「喂，同學，跟蹤別人做什麼？」

「……咦？呀、呀啊！」

「別想跑！」

這個人似乎注意到自己中了圈套，拔腿就想跑。想得美！

我立刻抓住這個人的手臂，捉到了人。

「好、好痛！請你放開我！」

「我哪會放！我有話要問！而且根本……」

先前一直纏著山茶花，甚至偷拍她的，就是這個人喔！

我本來以為對方是個可疑又極為危險的人物，但看起來倒挺文靜……乍看之下根本是個無害的傢伙嘛。這可相當出乎我的意料……

「嗚、嗚嗚～～……怎麼辦……被抓到了啦……」

幾乎隨時都會折斷似的柔軟手臂傳來了顫抖。

抖成這樣，豈不害我覺得自己在做壞事嗎……

雖然我也不會因此手下留情就是了。

「想回答我的問題了嗎？」

「咿！我回答！我回答就是了……請你放開我……」

這個畏畏縮縮，眼眶含淚看著我的學生，皮膚很白，留著一頭半長髮。

身高大概一六〇公分，圓滾滾的眼睛很醒目，有著一張娃娃臉。

脖子底下掛著數位相機，所以得小心別弄壞了。

「只要答應不跑，我就放開手。」

「咿……咿……我不跑就是了，請不要再對我那麼粗魯了……」

唔嘻嘻嘻嘻……那麼，我就好～好問個清楚吧～……等等，演成這樣，我豈不是成了個大變態嗎？我明明是正義使者，太奇怪了。

沒辦法，為了避免造成更多誤會，就放手吧。

要是敢跑，我一定全力追就是了。

「你叫什麼名字，幾年級？」

「我、我叫薄井明日荷……是一年級……呃，朋友都把我姓名頭尾兩個字湊在一起，叫我『薄荷（Mint）』……」

我才想說沒看過這個人，果然不是同年級啊。

「為什麼一年級要跑來二年級的樓層？」

「那個……這是因為啊……」

唔。感覺不會乖乖回答。那就再戳戳看吧。

「不就是纏著山茶花，一直偷拍她嗎？」

「唔！我、我沒有做這種──」

「別騙人了！不然相機拿給我看看！」

「…………對、對不起！我拿給你看！拿給你看就是了……不要吼我……」

看在旁人眼裡，就算覺得我在勒索低年級生也不奇怪啊。

「請看……」

這個人用顫抖的手把相機遞過來，所以我輕輕接下，檢查裡面的照片。

結果裡面的照片拍到了暑假我和山茶花在遊樂場玩的時候，以及我們在小椿的炸肉串店前面說話的情景！

唔哇！暑假期間的第一次約會也給我拍到了。原來那個時候也在喔……

「那個……其實，山茶花學姊跟我是同一間國中。我想她應該不知道我這個人，但我很崇拜她，想變成像她那樣的人……」

「所以才跟蹤她，偷拍她？」

「……是。我總是畏畏縮縮，沒有勇氣，想說的話一點都說不出口，所以想變成像山茶花學姊這樣敢把自己的心意老實說出口的人。」

嗯，也對，山茶花的確很忠於自己的心意。這沒說錯。

相信她絕對沒有什麼瞞著我不讓我知道的心意。這是絕對的，絕對絕對不會錯。

可是為防萬一，總覺得最好還是也參考一下別人比較好啊。

「就算是這樣，也該有點分寸。今後再也不准纏著山茶花。」

「這、這是為什麼？我、我又不會給山茶花學姊添麻煩……吧？」

「有沒有搞錯，你拍了這麼多山茶花的照片耶。而且，我聽她們說你還抓著山茶花的制服賊笑。換作你被別人這樣，又會怎麼想？」

「唔！這……是不喜歡……像是換衣服時被拍，會很難為情……制服被別人聞也……有點，不，是相當討厭。」

薄荷忸忸怩怩地抱著自己的身體這麼說。

其實這是新情報，聽起來這傢伙還聞過了制服……不妙的感覺更強烈了。

「對吧？既然這樣——」

「可是！我沒拍決定性的瞬間，對制服我也只是品味一下芬芳！輪不到每天瘋狂揉山茶花學姊胸部的大變態花灑學長來說三道四！我就只是想把美麗的山茶花學姊永遠留在手邊而已……」

怎麼想都覺得你才是大變態。

講什麼品味芬芳啦，想把山茶花永遠留在手邊啦，光聽就相當不妙了。

「就是輪得到我來說三道四。你也聽說了吧？」

「……啊！對喔，花灑學長和山茶花學姊……」

「對，我們在交往。」

我的右手拇指和食指互搓，淡淡地說了。

不要緊吧？沒被發現是在說謊吧？

「……是嗎？」

呼～～……看來是沒穿幫啊。要是在這個節骨眼被追問，可就真有點為難，所以算是得救了。

「……虧我還以為學姊高高在上，不會去討好任何人……」

不，她看起來雖然凶，但我覺得她其實挺少女的，而且也有很多小小的少女情懷。

然而對不知道這些事實的薄荷來說，多半會覺得很震驚吧。只見薄荷垂頭喪氣。

照這樣看來，大概只差臨門一腳就能讓薄荷死心了。那我就送上致命一擊吧。

「總之就是這麼回事。既然女友遇到為難的事，男友不就應該出面解決嗎？而且，你剛才說沒給山茶花添麻煩，但她可覺得很……喔哇！」

這傢伙是怎樣？突然伸手揪住我的胸口！

真沒想到會激起這麼過敏的反應……

「請、請問！你們兩位真的是男女朋友嗎？真、真的是嗎！」

薄荷眼眶含淚，但仍強而有力地注視我。或許也是因為距離近，一頭半長髮傳來一種名符其實的薄荷清涼香氣。

「就說是真的了，別給我一直問一樣的問題。」

「可是花灑學長！像早上通學的時候……還有下課時間也一樣，你都一直四處張望！明明跟山茶花學姊在一起還這樣！」

原來這傢伙不只現在，上學時間還有上午的休息時間也都在！

我完全沒發現！虧我和 Pansy 都在留意有沒有人跟蹤……

「要是男朋友都不看著自己，當然會覺得寂寞，這是常識！可是，學長卻做出那樣的事情，這也表示山茶花學姊和花灑學長其實……」

「那只是因為我知道有人在跟蹤山茶花才會一直想找出對方！說穿了，原因就是你！」

好險！雖然好歹用事實應付過去了，但要是被繼續追問，可能就不太妙了。

這下可得趁這傢伙無謂地多問其他問題之前趕快……

「嗚嗚～～……！花灑學長……笨蛋～～～～！」

「啊，喂！給我等一下！」

等等，突然就給我跑掉了！還莫名地邊罵我邊跑！

看樣子絕對沒在反省，會學不乖地繼續纏下去吧！

「……真的假的？」

我沮喪地垂頭喪氣，背後就傳來重重地跑著樓梯上來的腳步聲。

我聽見聲響，回頭看去，站在那兒的是 Pansy 與山茶花。

然後 Pansy 以震驚的眼神看著我……

「天啊……花灑同學變成一臉糟糕的大變態臉了……」

「我本來就這種臉！妳幹嘛劈頭就挑這句話！」

「我有預感花灑同學又做了奇怪的事，所以嫉妒起來，累積了太多負面能量，結果就是選擇了剛剛那句話。」

「不用只因為預感就在那邊充填負面能量！我什麼都沒做！」

她傳訊息過來的時候明明很體貼，為什麼現在卻變成這樣？

「請、請問……情況怎麼樣？對方有沒有講什麼奇怪的話？」

山茶花似乎很正常地在擔心我。

……真想把她的指甲垢熬湯給 Pansy 喝（註：日本諺語，意指要人多跟優秀的人學習）。

「對方沒講什麼奇怪的話，別擔心。好歹我知道了是誰跟蹤妳，作戰成果非常理想……只是，不好意思，我本來想說服對方放棄跟蹤妳，但是失敗了。我想這傢伙大概學不乖，還會繼續糾纏。所以，我是覺得妳還得再跟我假裝是男女朋友一陣子……沒關係嗎？」

「這、這點小事，根本沒什麼大不了！說起來，這輪不到你來道歉吧！你都願意為我做到這個地步了！而、而且……」

「而且？」

「那個……呃……剛剛的你……難得……很、很、很……」

「很怎樣？」

山茶花的臉紅得非同小可，不知道要不要緊。我是指我的性命。

「很帥氣啦！」

好吵！她喊得有夠大聲，而且喊完就這麼跑掉了！

啊～～我是覺得最好別離得太遠啦……不過下課時間就快結束了，大概不要緊吧。

該怎麼說，這是我第一次聽女生當面誇我「很帥氣」耶。

這倒也不壞啊……

「花灑同學，你現在的表情嚴重到該對『遜』這個字下跪道歉。」

「虧我難得心情好，都被妳毀了啦！妳真的很狠耶！」

「真失禮，要知道我已經說得很收斂了喔。」

「妳這句話更傷到我了！」

她一有什麼事情不順心，馬上就會鬧彆扭，對我噴毒！

算了，「查出糾纏山茶花的人物」這個任務已經達成，今天就別計較了吧。

下一個任務就是「讓薄荷死心」。

畢竟今天已經知道對方是什麼人，照這樣看來，問題應該可以順利解決。

＊

——放學後。

放學前的班會時間結束，我走出教室，悄悄溜進廁所，換上變裝套件。

我戴著墨鏡、帽子和口罩從廁所出現，當然會讓周圍的學生以莫名的視線看過來。

可是，如果不換上變裝套件，萬一被薄荷看見我跟 Cherry 在一起，我們是假情侶的關係就有可能被拆穿。既然如此，也就沒有辦法。

「那我們走吧，花灑同學。」

接下來的時間，我不會留在西木蔦，而是要去唐菖蒲高中。也就是說，我要假裝是 Cherry 的男友。

在鞋櫃前等著我的，是一隻手拿著愛用筆記本的 Cosmos。

即使被糾纏 Cherry 的人看到 Cosmos 陪著我，也可以說她只是以學生會長的身分和前往外校的我同行，這是她的優勢。

「呀喝～～！雨露仔、Cosmos 仔！」

一到校門，Cherry 已經面帶笑容朝我們揮手。

一開始是說好由我們前往唐菖蒲高中，在校門前會合，但 Cherry 說：「如果我從唐菖蒲高中出發，也許跟蹤狂就會跟來，所以應該由我過去吧！」於是會合地點就定為西木蔦的校門前。

放學後的目標是「查出糾纏 Cherry 的人物」，以及「讓她把我當成男朋友介紹，讓我得到參加唐菖蒲學生會的名分」。

如果兩個目標都能達成，比起原地踏步的暑假期間，今天就可說是大躍進。

最理想的情形是今天完全解決 Cherry 的問題，但這樣未免太貪心了。

即使真有跟蹤狂存在，應該也不會一碰到就馬上順利解決。

「好～～！那我就帶你們去唐菖蒲吧！」

Cherry 緊緊抱住我的手臂，力道卻有些客氣。不知道是在意 Cosmos 的視線，還是真的不想抱我的手臂……但願至少是前者。

「Cherry 同學，我們今天要做什麼才好呢？」

「這個嘛，首先，就是要在學生會室把你們介紹給大家認識啦！然後要去視察各社團和各委員會，所以希望你們一起來！畢竟也得確定需要哪些器材嘛！……然後，明天開始就是採買器材！所以重頭戲是從明天開始！」

放學後我們要去唐菖蒲高中，但今天終究只是要為原本的目的預做準備。

明天學生會要採買，所以我和 Cosmos 必須取得參與採買的名分。

要採買就必定會外出。

而我們是打算如果糾纏 Cherry 的傢伙在採買的時候出現，就要當場逮住他。

「知道了！話說回來，唐菖蒲的制度真有意思！在西木蔦是把預算分配給各社團，由各個社團分別去買齊器材，所以覺得好新鮮！」

「唐菖蒲以前似乎也是這樣就是了。但有些社團會把預算用在和活動內容完全無關的用途上，所以才會改成由學生會負責提供器材！還說不是由校方提供，純粹是為了尊重學生的自主性！」

據我猜測，西木蔦這邊的幾個人當中，和 Cherry 最合得來的就是 Cosmos。
因為兩人同為學生會長又是同年級，有一些共通點。
這或許也是放學後由 Cosmos 同行的理由之一。
「還、還有啊，雨露仔，我對你有一件事很擔心……」
一件而已？我擔心的事情加起來，隨便也超過十個耶。
「請問是什麼事呢？」
「你也知道，之前我不是拜託你扮演我理想中的男友嗎？所以我很擔心你辦不辦得到……當、當然我也不會強迫你啦！只是，如果可以……是想拜託你……」
Cherry 對唐菖蒲高中的學生會成員提起我時這樣說明：「跟我獨處的時候是個大變態，但平常是個畏畏縮縮又懦弱的平凡男生！可是，遇到緊要關頭又非常靠得住。」我是個紳士，要扮演「大變態」會非常困難，但這只有在我和她兩人獨處的時候需要扮演，所以不成問題。
Cherry 擔心的，應該是接下來的部分吧。
「平常是個畏畏縮縮又懦弱的平凡男生」。
的確，憑「大爺我」要扮演這樣的人是很困難。
……可是啊，既然這樣，就輪到他出場啦！
沒錯，接下來……

「好的！Cherry 學姊，包在我身上！啊哈哈哈☆」

嗨～～大家好久不見了！是「我」呀！

呵！我披起羊皮可相當像樣，Cherry 啊，妳什麼都不用擔心。

*

我順利地實現 Cherry 的心願，成了符合她想像的男友模樣後，終於來到唐菖蒲高中。目前沒有人跟蹤。另外，照 Cherry 的說法，對方似乎不是唐菖蒲高中的學生，所以接下來出現的可能性應該也很低。

「呼～～……抵達唐菖蒲高中了，我就卸下這個了！」

「嗯、嗯……也對……」

我取下變裝套件，展現陽光的笑容。

但不知道為什麼，Cherry 從剛剛就一直不跟我對看。

「Cherry 學姊，妳怎麼了？」

「咿！不要！也不想想雨露仔是什麼貨色，不要用這樣閃亮的眼神看我！」

妳這是什麼態度？我可是實現了妳的希望才變成這樣耶！

而且我就是用這個狀態度過整個國中時代！對國中時代的我道歉！

「Cherry 同學，我也明白妳一旦知道花灑的真面目，就會變成這樣，但這不是妳要求的嗎？多少總要忍耐一下……」

「Cosmos 仔，妳說得對……畢竟是我要求的……」

告訴妳，我也是千百個不願意但仍然忍耐著做啊！

雖然已經好久沒這樣，其實我也覺得有點開心……

「那我們就去學生會室吧！我要在那邊把你們兩位介紹給大家認識！」

「我明白了！我會努力讓大家中意我！」

「不、不是啦～～……我倒是覺得你最好別太努力耶～～」

少囉唆，閉嘴。我就是深信我扮演的這種個性是萬人喜愛的。

妳會覺得噁心，想也知道純粹是因為妳知道我的本性。

「呀喝～～！大家久等了！」

門發出「砰」一聲很大的聲響打開。

眼前出現的光景讓我和 Cosmos 都不掩飾震驚。

「唔哇～～……這裡就是唐菖蒲高中的學生會室啊……」

「好厲害喔，跟西木蔦高中大不相同……」

設計，或說等級，就和西木蔦完全不一樣嘛。

首先，西木蔦高中的學生會室放的是白板、折疊椅，另外還把兩張折疊式的桌子拼在一起，放在正中央。

相較之下，唐菖蒲高中則不是放椅子，而是沙發，而且是兩張看起來特別貴的沙發。

兩張沙發之間擺著一張很豪華的木製大桌，感覺可以開個很時髦的茶會。

而且學生會長還有專用的辦公桌，甚至提供了精美的椅子。

還有，面積本身就很大，有我們學校學生會室的兩倍以上。

啊，不行不行，這光景太驚人，讓我看得發呆，但我得自我介紹才行。

「啊，呃……各位幸會，我是如月雨露，是西木蔦高中的二年級生，和 Cherry 學姊處得很愉快。」

「各位幸會，我是西木蔦高中的學生會長秋野櫻。以前西木蔦高中圖書室那件事，承蒙 Cherry 同學大力幫忙，所以我就來幫忙貴校的學生會業務作為答謝。我想我會有很多地方不周到，還請多多指教。」

「「「「…………」」」」

我和 Cosmos 各自做完自我介紹，但沒有回應，只有犀利的視線投來，讓我覺得他們對我們起了一點……不，是起了很重的戒心。

我想這大概就是 Cherry 先前所說的唐菖蒲高中的排外校風吧。

也就是說，沒這麼容易得到信賴是吧。

「大家，之前我不也跟你們好好說明過嗎！來，我的男朋……嗚噗。我最重要的人，還有他的朋友，來幫我們了，不可以擺出這麼失禮的態度吧！」

妳立刻打圓場，這點我就感謝妳吧。可是「嗚噗」是怎樣？

「好～～！那我馬上把大家介紹給雨露仔還有 Cosmos 仔認識！首先是——」

Cherry 俐落地介紹學生會其他成員。

我們事先已經聽她說過這些人的名字，之後只要把臉和名字搭起來就可以了。

「下一個是……啊！山口仔今天請假啊！」

順便說一下，山口是唐菖蒲高中學生會的會計。

不怎麼重要，所以就只簡單介紹一下。

山口同學，路人。完畢。

「那最後……好的！是書記莉莉絲仔！」

Cherry 最後介紹的是個身高一六五公分左右的少女，以女生而言算是很高。

她瀏海非常長，所以看不太清楚長相，反倒是她很寶貝地用雙手拿著智慧型手機，上面貼著應該是和 Cherry 兩個人一起拍下的大頭貼，更讓人印象深刻。

不過她是書記啊？職位跟以前的我一樣，讓我不由得有點共鳴。

「莉莉絲仔，這位就是我的男朋友如月雨露同學！怎麼樣？很帥……唔！也不是個不能看的人吧！」

要不要我當場拆穿我是假男友啊……

「幸會，我是如月雨露。呃，莉莉絲同學的本名是……」

「蘭頂朱！姓名重新排列過後就是『朱頂蘭(Amaryllis)』！所以叫作莉莉絲仔！跟雨露仔一樣是二年級。」

「……（點頭）……（點頭）」

為什麼是Cherry在說明，她只點頭？

嗯？她好像滑起智慧型手機來了……

『幸會，我是蘭頂朱。請多指教。』

竟然用手機交談！沉默寡言也該有個限度！

「啊哈哈！一開始都會嚇一跳耶！莉莉絲仔有夠內向，很少主動開口說話！所以，她會像這樣用手機說話～～」

「這樣從事學生會工作，不會有什麼問題嗎？」

『一定會順利。就像我的名字一樣。』

「對不起，我搞不太懂……」

「莉莉絲仔最喜歡電影了！她常會聊起電影！我猜這應該是某部電影的故事吧？」

『是印度的電影。你連這種事都不知道？』

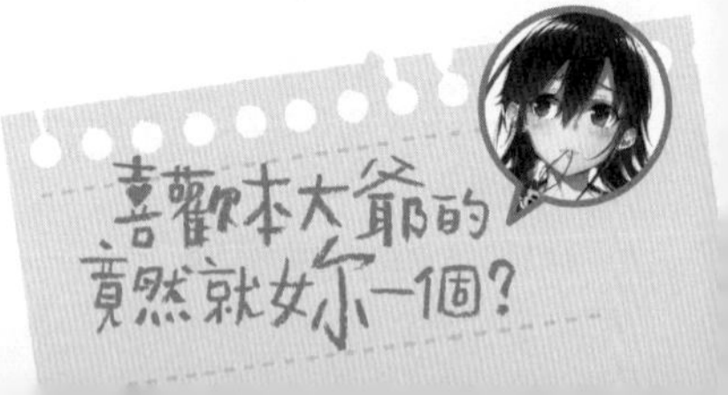

我總覺得只不過是沒聽過這部電影，為什麼就飛來一句帶刺的話……

「還有，雨露仔的擔心是多餘的！莉莉絲仔非常靠得住！甚至可說是我在學生會最信任的人！」

「……（點頭）！……（點頭）！」

她頭點得比剛才更用力。據我猜測，多半是被誇獎所以很高興吧。

跟對我的態度完全不一樣。

『我是 Cherry 學姊的首選。所以，沒有如月同學在也沒關係。』

我也不是自己喜歡來這裡！不要擺出那麼冷漠的態度嘛！

「好厲害啊。用手機輸入文字，已經達到能順利進行日常會話的水準，這技術我也務必想學會啊……」

雖然不免覺得 Cosmos 產生興趣的點也真有點怪，不過就別想太多了吧。

真不知道她學會高速打字是打算拿來做什麼……

「是嗎？呃……以後要請妳多多指教了。」

「…………（撇頭）」

她用力把臉撇開了……

她的態度像是在說因為 Cherry 開口了，才破例讓我參加。

看樣子就算有男友的頭銜，要得到參加的名分大概也不容易啊……

「好了，那我們馬上開始學生會活動吧！今天我們要視察各社團跟委員會，就分成兩組行動吧！雨露仔和 Cosmos 仔就跟我和莉莉絲仔一組！我們順便帶你們認識認識唐菖蒲高中的環境！」

『好的，我會努力。』

對 Cherry 說的話就以智慧型手機迅速回答，跟對我們的態度大不相同。

「順便說一下，我們這組負責的主要是各委員會！……我們就先從圖書委員找起吧！」

「……咦？Cherry 學姊，妳說的該不會是……」

「好了好了，大家動起來動起來！好～～！大家加油～～！」

我好歹也算是妳的男友，妳幹嘛無視我，自己推動事情？

而且說要先從圖書委員找起……這不就表示要去見我的向上相容版「他」嗎……

*

走出學生會，去到的地方當然是唐菖蒲高中的圖書室。

莊嚴肅穆的木門，看在我眼裡，就像是魔王城的城門。

「那～～……雨露仔，拜託你了！」

「咦？要、要我來喔？」

不不不，饒了我吧！妳要去見門後的人可能是很尷尬沒錯，但我比妳尷尬一百倍耶。與其這樣，不如叫 Cosmos……不對，不行啊。

以前我和他打過一場賭，叫作「輸掉的人再也不准接近 Pansy 和 Pansy 的朋友，不准和他們說話」，而我贏得了勝利。

也就是說，他既然輸了，就不能接近身為 Pansy 朋友的 Cosmos，也不能跟她說話。總不能由 Cosmos 打破這個約定吧？

「花灑同學，由於約定，我想我最好不要接近他。只是，從這個角度來看，你就不成問題……應該是。」

就是說啊。我……不是 Pansy 的「朋友」，所以要說勉強過關也的確沒錯。

「我是想說如果可以，希望莉莉絲去啦……」

『我不會應付那個人。而且如月同學，你不是 Cherry 學姊的男朋友嗎？明明是男朋友，卻不聽女朋友的請求？』

好嚴格！總覺得這好像也變成她要不要認同我的考驗其中一環！

……可惡～～為什麼都是我在辛苦……

「我明白了……只是，如果可以，希望談話的時候可以一起……」

「「那當然了（吧）！」」

既然妳們兩個都這麼說，至少一開始我就努力看看吧。那……出陣！

「你好～～！我們是學生會～～！要來視察圖書室了！」

「啊啊，對喔，今天學生會要來視察……等等，你是……」

我一鼓作氣衝進圖書室，結果他果然在。

他還是老樣子，是個純樸系型男。一個連整理還書的模樣都那麼好看的男生。

「……花灑？」

我的壓倒性向上相容版葉月保雄……通稱「水管」同學登場了。

我本來還指望搞不好他會很陽光地歡迎我，但完全不是這個樣子。

兩道極其狐疑的視線深深刺在我身上。

「是花灑。為什麼？」

而且身旁還有水管的兒時玩伴草見月。

她那個子雖小卻劇烈自我主張的雄偉胸部還是一樣顯眼。

小風呢……不在啊？多半是在棒球隊練習吧……

「……為什麼你會來唐菖蒲高中？」

「呀喝～～水管！好久不見！其實他是來幫忙學生會業務，所以跟著來視察！」

「是喔……這樣啊……」

壓力馬上就大得很不妙耶！

而且其他人在做什麼啦？趕快過來啊！憑我一個人實在……

「打……打擾了～～！」

『失禮了。』

「好久不見了，水……咳，月見同學。」

「Cherry 學姊、莉莉絲……Cosmos 學姊也在，嚇我一跳。」

「…………！好、好久不見，Cherry 學姊、莉莉絲同學。」

剩下三個人似乎接收到我的請求，也陸續進入圖書室。

在這樣的情勢下，醞釀出跟我不同種尷尬氣氛的就是 Cosmos 與水管了。礙於約定，他們彼此無法主動開口說話，所以什麼都說不出口。

好！接下來是大家一起，總還可以——

「那麼，我們馬上開始視察吧！月見仔，跟我說說各種情形吧，像是圖書室進了哪些新的書～～！」

「知道了。不問水管沒關係嗎？」

「啊～～……嗯！沒關係沒關係！因為他是雨露仔負責的！」

「月見同學，關於借書制度，我有很多想請教的！來來，快點！」

「嗯……啊，Cosmos 學姊，我想請妳替我對董子說聲『對不起』。」

「這點小事沒什麼，月見同學！包在我身上！」

叛徒～～～～！為什麼留下我和水管，自己匆匆忙忙跑掉啦！

剛才的「那當然」咧？莉莉絲也跟著妳們跑了！

「……所以，這是怎麼回事呢？聽說負責我的人是你耶。」

「那個……其實啊，是 Cherry 拜託我假裝是她的男朋友，然後還拜託我演出不一樣的個性。所以，我說話口氣也和平常不一樣。」

「是喔……由你來假裝是 Cherry 會長的男友喔……」

……尷尬。有夠尷尬……

只有現在，我無法不期望水管變回以前的陽光少年。

「為什麼事情會變成這樣呢？」

「……你什麼都沒聽 Cherry 學姊說嗎？」

「是啊，我什麼都沒聽說。」

……看樣子，說 Cherry 和水管的關係不好似乎是真的。

換作是他們以前的關係，水管不可能不知道 Cherry 遇到麻煩。

只是，既然這樣，與其由我來說明情形……

「這些事情，如果你能去問 Cherry 學姊，會幫我大忙……」

「你也不是不知道，這狀況不容我問她吧？」

您說得一點也不錯呢……唉，沒辦法，那就由我先跟他說明吧……

「——就是這麼回事啦。所以，我才得假裝是 Cherry 學姊的男朋友。」

「哦～～……原來事情是這樣啊。」

我簡短地說明情形，得到的是看似沒有興趣的反應，但這恐怕不是他的真心。

他從剛剛就一直用擔心的眼神頻頻瞥向視察圖書室的 Cherry。

看到他這樣的態度，讓我愈想愈覺得他們兩人的感情不是真的變差。

「真是的，假裝男友這種事，本來應該是你負責的吧……」

「你節哀順變吧。可是這也沒辦法，因為我和 Cherry 會長就是疏遠了。」

「為什麼會搞成這樣？之前你們還那麼……」

「說是因為髮夾的事……你應該會懂吧？」

原因果然出在這裡嗎……

「從那場打賭以後，我和 Cherry 會長不但沒說話，連面都沒見。」

我和水管之前進行了一場打賭……「要比賽在地區大賽的決賽時，誰可以得到較多女生給的髮夾」，當時 Cherry 本來應該站在水管那一邊，卻在最後關頭改變主意，把髮夾交給了我。

而最終的比分是我100，水管98，結果以我獲勝作收。

「只要當時拿到 Cherry 會長的髮夾，就不會變成現在這種狀況了。」

這話說得沒錯。如果 Cherry 把髮夾交給水管就會變成平手，雙方應該都不用受處罰。

可是，現實中就是分出了勝負，水管受到限制，以後再也不能接近 Pansy 和她的朋友，也不能找他們說話。

要說造成這種狀況的部分原因出在 Cherry 身上，倒也是沒錯啦～

可是啊……

「我說水管，你可不可以原諒 Cherry 學姊？她到現在還很珍惜你，相信她一定很想跟你和好——」

「所以呢？不管多麼珍惜一個人，對方感受不到的心意就是感受不到。告訴我這件事的人就是你吧？」

唔唔！我還以為這小子已經完全意志消沉，但根本不是這樣，所以實在很棘手。

而且他的態度就顯得不會好好聽我說……這個任務對我來說是不是太艱鉅了？

「花灑，你跟我很像，所以應該懂吧？換作是你站在我的立場，你覺得情形會變成怎樣？……你應該不會不懂吧？」

你說話可真不留情面。

可是，也對……換作是我站在這小子的立場……

「……我想應該會變成像現在這樣的狀況。」

也是啦，如果輸的是我，我就不能接近 Pansy 和她的朋友，也不能找他們說話，也就沒什麼好演變的，但即使不管這一點也一樣。

想必我和 Cosmos、葵花還有翌檜都會疏遠吧……

「你這麼明白，可幫了我大忙……那麼，Cherry 會長的事可以交給你吧？比起贏我，這

點小事應該沒什麼。」

不要自己說好不好……不過，也對，是沒錯啦……

「好啦……Cherry 學姊這件事就由我來想辦法……這樣你滿意了嗎？」

「嗯，非常滿意。」

唉……我本來想說服他聽話，結果自己反而被說得服服貼貼。

真不愧是我的向上相容版大爺，就算沮喪，還是壓倒性地比我優秀。

「對了，我還想問你一件事……」

「什麼事啦？」

「……菫子她，好嗎？」

水管問起這句話的表情和以前一樣……不對，是有著遠比當時更清澈的眼神，讓我深深了解他直到現在對 Pansy 的心意還是很堅定。

「……她很好。反而是太有精神，讓我很傷腦筋。」

「是嗎……嗯，那就好。」

雖然他走的路線和以前大不相同，但最根本的部分肯定還是沒變吧。

明明被 Pansy 用那麼狠的方式甩掉卻還擔心她……這小子真是人好到令人傷腦筋啊。

水管似乎注意到我的視線，有點難為情地撇開臉。

然後……

「之前我打了你……對不起。」

這話說得很小聲……真的非常小聲，但水管的確這麼說了。

相信那場打賭之後，水管也想了很多吧。

幾乎沒有人的圖書室，落寞的氣氛。這小子也真的很辛苦。

打賭就會有贏家跟輸家，這是無可奈何，但看到這樣遍體鱗傷的水管，就莫名覺得胸口一陣難受。

想必是因為我們很像，就像他剛才所說。

……不要緊的，水管。我們相似一場。

之前你打我那件事，我們就放水流個乾乾淨……【砰！】

「呀喝～～！水管！我來玩了！」

「水管水管！告訴人家你推薦什麼書嘛～～！」

「今天放學後，就是在圖書室跟水管談心的時間！」

「哇啊～～！妳們大家這樣一起跑來……」

怎麼門後跑來有夠多個女生？

這人數是怎樣？隨隨便便都有三十人耶！

臭水管！我被迫假扮大變態假男友，你卻悠哉地和這些可愛的女生打情罵俏？噢，是這樣喔！

「水管大哥哥！下次放假有空嗎？有空的話陪我～～！」

「不行！水管哥哥要跟咱家一起玩～～！」

「水管老哥，我做了這個來，你嚐嚐看！……會、會討厭嗎？」

「啊哈哈……傷腦筋啊……」

你是有幾個妹妹啦！真是看了就火大！

別以為一句道歉就能讓我原諒你打我這件事！

就算放水流，我也要放有夠髒的水沖下去！看我怎麼放些超級髒的水來沖！

然後，我還要把你也牽扯進這大變態事件裡！要死大家一起死！

*

經過一番折騰，我們視察完所有委員會，回到學生會室。

之後的討論，將各社團與委員會所需的器材清單都列完了，所以明天就要開始採買。

至於有沒有順利得到大家的信任……

「Cosmos學姊，這邊已經檢查完畢！」

「Cosmos學姊，這份清單怎麼樣？」

「哇，Cosmos學姊真的好厲害，真沒想到可以省下這麼多預算……」

「哪裡。都是多虧大家檢查得這麼仔細。」
Cosmos學姊順利得到了高度的信任……
會變成這樣的理由極為單純。因為Cosmos從第一天就超級大活躍。視察的時候，我只是聽別人怎麼介紹就怎麼看，但Cosmos不一樣，開始逐一確認各委員會既有器材的用途。結果一問之下，各種其實沒用到的器材就紛紛冒了出來。
把這些都列出來之後，當然又去檢查了其實不歸我們這組負責的社團方面。
結果就是回收了各社團與委員會當中能用卻沒在用的器材，分發給需要用的地方，省下了兩成左右的預算。
這樣當然會得到信任了。原來這社會到頭來還是講錢啊……
「唔唔～～我都要沒有立場了啦……」
Cherry啊，只能怪妳找錯了對手。
Cosmos她啊，雖然很少女，但開啟學生會長模式的時候可相當厲害。
只是，即使Cosmos展現實力到這個地步，還是有一個人並未給予信任。
『如月同學，我有問題想問你，可以嗎？』
「什麼問題呢……莉莉絲？」
跟我們一起行動的莉莉絲態度比較不像是不信任Cosmos，更像在提防我。雖然她瀏海遮著，我看不清楚，但今天一整天我一直覺得有視線對著我。

所以，妳是要問什麼？

『Cherry 學姊哪裡讓你喜歡？』

哇啊！這問題可真單刀直入啊！

「這我非得現在回答不可……嗎？」

『你不是要來唐菖蒲好一陣子嗎？告訴我嘛。』

這是怎麼回事呢？我總覺得她有夠用力在考驗我……要是這個問題沒回答好，絕對會很不妙。

既然這樣，這種時候就該……

「我覺得她這個人很適合用破天荒這句話來形容。雖然經常會做一些很亂來的事情，但莫名就是會讓人接受。相信一定是因為她不管什麼時候都很陽光、很開心地笑著吧。還有，遇到緊要關頭，她又會令人意外地展現出有常識又靠得住的一面……我覺得她就是這樣一個很棒的女性。」

祕技！向上相容全部抄襲！這些台詞當然不是我想的，而是水管說過的。

以前我們交情還很好的時候，我對來西木蔦圖書室幫忙的水管偷偷問起他對 Cherry 的觀感，當時他就是這麼回答。

真沒想到會在這種地方派上用場……

「雨露仔……原來你是這麼看待我……」

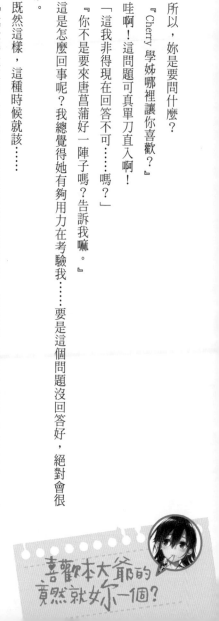

真有一套……不只對莉莉絲，連對Cherry的效果都很強……

『這樣啊？你真的很懂Cherry學姊呢。我聽了好放心。』

喔喔！雖然被瀏海遮著看不清楚，但她的嘴是在笑！看來會順利！

『以後也請多多指教，如月同學。學生會活動，我們一起加油吧。』

好啊～～！我本來還以為今天是行不通了，卻在最後關頭贏得了莉莉絲的信任！

既然這樣，「讓她把我當成男朋友介紹，讓我得到參加唐菖蒲學生會的名分」任務就達成了！

「好、好～～！那今天的學生會活動就差不多進行到這裡，我們回家吧！啊，雨露仔，我們一起回去……吧？」

這是怎麼回事呢？她臉頰泛紅，頻頻看著我的模樣超可愛的。

竟然可以看到這麼含蓄的Cherry——

「然後我們回家路上就一邊打情罵俏……你再一邊告訴我你跟水管仔說了些什麼吧！」

我就知道是這樣！後半的真心話根本就沒在掩飾嘛！

「今天我也要失陪了耶。各位，明天起再請大家多多指教了！」

「「「遵命，Cosmos小姐！」」」

這邊也調教完畢了……也好，順利就好……吧？

於是，我們來訪的第一天，儘管多少惹上了麻煩，但還是順利結束。

我再度穿戴上變裝套件，和 Cherry 與 Cosmos 一起離開唐菖蒲高中。

＊

晚上七點，我在車站和她們道別後，獨自走在夜路上。

往來行人很少的住宅區，略顯老舊的路燈閃爍著照亮路途。

從明天起就要正式開始尋找糾纏 Cherry 的跟蹤狂了。

今天算是準備就緒了……但還是沒有跟蹤狂真的存在的確證。

倒是啊，我真的懷疑這人根本就不存在吧？

從我開始假裝跟 Cherry 是男女朋友以來，已經差不多要過兩週了耶。

如果真有這個人，也差不多可以出來了……

「啊，好險！」

我在眼前的階梯絆了一下，差點跌倒。

平常我不會沒發現，但今天硬是覺得視野……啊，對喔。

因為我戴著墨鏡、帽子和口罩組成的變裝套件，都沒脫下來啊！

都已經和 Cherry 分開了，差不多可以拿下——

「你是如月雨露吧？」

「……什麼？」

哎呀？不知不覺間，一個男人已經站在我眼前了啊。

是哪間學校……呃，對方穿便服，看不出來啊……而且，這小子是誰？

「請問……你是……？」

「炭印嵐。」

嗯，這名字我不曾聽過啊。還有嵐這麼一個老媽聽了多半會興奮起來的名字，而且，外表硬是很美形。漂亮的眼睛有幾分圓潤，髮型則是全部往後梳。至於身高……我比他高了一點，大概比男生的平均身高略矮吧。

話說，在這個時間點出現就表示這傢伙搞不好……

「和櫻原桃分手。」

就～～是說啊！我就知道是這樣，而且也不可能是別的情形了吧！

所以這小子就是糾纏 Cherry 的人？

我萬萬沒想到他會直接來找我……

所以到頭來，糾纏山茶花和 Cherry 的人都確實存在。

也不知該不該慶幸……

「和 Cherry 學姊分手？……我嗎？為什麼？」

為了不讓 Cherry 交代的男友形象毀於一旦，我以和善模式應對。

說到這個，記得是說這小子對 Cherry 表白了好幾次吧？
然後還跑來叫我分手，這就表示……根本就沒死心嘛！
薄荷也好，這小子也罷……全都是倔強的傢伙！
「最配得上櫻原桃的，是我。」
沒有啦，我也覺得你比較適合啊，因為我根本就是假男友嘛。
但不巧的是，我又不能老實這麼說……
「不好意思，這我辦不到。因為我最喜歡 Cherry 學姊了。」
我右手拇指和食指互搓，這麼回答。
唔唔……雖然是說謊，但明確講出女生的名字，還說喜歡她，實在很難為情啊。
我是不覺得這樣就能讓對方認同，而嵐的反應是……
「我一直喜歡她，每天除了她以外什麼都不想。可是，和她交往的竟然是你這傢伙，太沒道理了。沒道理沒道理沒道理。」
我說嵐同學啊，你的口氣該說愈來愈粗野，還是愈來愈像個神經病……
「所以，我想到了。」
「想到了？想到什麼？」
坦白說，我怕得想當場拔腿就跑……
「要是你不和櫻原桃分手，我就殺了你。」

「殺我？太誇張……唔唔！」
「我是說真的。她的第一名，我沒打算讓給任何人。」
水管同學～～～！馬上跟我交換立場！輪到真正的第一名出場啦～～！
為什麼我這個假男友就這麼倒楣，得被他揪住衣領，聽他講這麼一番話？
我愈想愈火大……既然這樣，我就狠狠……
「不好意思，我不打算和 Cherry 學姊分……」
「哼！」
「唔哇！……好痛！」
這小子，還沒聽我說完就放開揪住我的手，用力把我一推！
痛死啦！害我一屁股重重坐到地上啦！
而且連墨鏡都掉了！
「……就到明天。在明天之前跟她分手。」
超火大～～！我再也忍不住了！
這種時候不惜多少受點損傷也要痛扁這小子……嗯？……這可傷腦筋了。
我的屁股鬧起彆扭，說想多感受一下水泥地的觸感啊。
這樣我站不起來啊！這屁股實在令人傷腦筋啊！
我絕對不是怕對方而站不起來，這點千萬不要誤會。

倒是嵐在口袋裡翻找，拿出了一個東西……呀啊～～！

「如果到時候你沒跟她分手，我就殺了你。」

這、這小子！竟然拿出不得了的東西來了！

嵐拿出來的，是一把小小的折疊刀。

然而小歸小，既然是刀子，就具有其功能……

「等、等一下啦！這未免太……」

我用劇烈發抖的雙腳撐著坐倒的身體後退。嵐一步步逼近。

途中嵐的腳踏扁了我甩下來的墨鏡。

扁掉的墨鏡就像在暗示我的未來，讓我更加恐懼。

「你可別忘了。我不會手下留情。」

嵐最後撂下這句話就消失在黑暗中。

「不妙……纏上 Cherry 的是這種傢伙，可不是開玩笑的……」

我本來還擔心無法完成的「查出糾纏 Cherry 的人物」這個任務，在對方主動現身的形式下達成了。

然後出現了「讓炭印嵐死心」這個新任務。

這個任務……有可能實現嗎？這下可攬了個大難題上身啊……

【我終於做出覺悟】

現在，我的眼底有著一片壯闊的阿爾卑斯草原。

「啊哈！啊哈哈哈哈！」

「嗯咿！嗯咿咿咿咿！」

搖～～嘍♪搖～～嘍♪搖～～呵呵♪搖～～呵搖呵搖呵呵♪

哎呀～～！今天的夢，是從盪鞦韆開始啊～～！

不知道為什麼，我正在一座像是某阿爾卑斯山的少女會去盪的那種不知道架在哪兒的鞦韆上，用力盪得不亦樂乎！乾脆來吹個口哨吧～～！

身旁還有和我一樣盪著鞦韆，滿臉笑容的木製。

反正這是夢，去追究事情為什麼會這樣也很不解風情啊！

「花灑，明天終於要來了咿！明天，最壞的事態就會發生在你身上咿！」

或許是因為盪鞦韆盪得正開心，木製顯得格外興奮。

她的聲調聽起來實在不像會發生最壞的事態，但反正是夢，就別在意了吧！

「好！不用擔心！對不起啊，我上次都忘了！可是，這次已經完全沒問題了！我會有夠

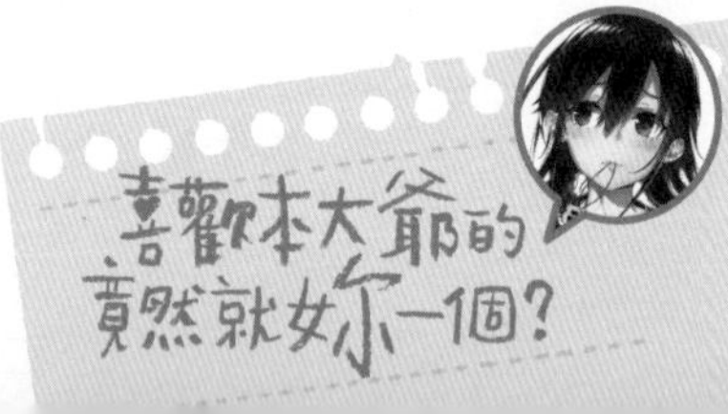

牢牢地給他記住，包在我身上！」

所以，我也回答得很興奮。

雖然多少有點不放心，但一～～點問題都沒有！因為我就是記得清清楚楚啊！

「聽到你這句話我就放心了咿！……可是，真的不要緊嗎？」

「那當然！妳想想，不是只要跑掉就沒事了嗎？簡單啦，簡單！」

「……那你願意證明給我看咿？」

「證明？這到底是……咦、咦？」

不知不覺間，我所坐的不再是鞦韆，而是一張放在草原上的椅子。

作夢真不是蓋的，地方都可以換來換去……

木製呢……她站在一小段距離外，對我揮手啊。

「花灑！走到這裡咿！這樣就能證明咿！」

真是的，這長椅可真俏皮。沒辦法，那我就走過去……等等，奇怪？

怎麼我的腳在發抖，站不起來耶。到底是為什麼……

「不、不好意思，木製！我的腳好像在發抖，站不起來！所以，還是由妳——」

「不會的咿！花灑一定可以走到這裡的咿！」

「唔！」

是嗎？這是木製安排的狀況，為的是考驗我到底能不能好好逃跑？

那麼，為了不辜負她的好意，我得從椅子上……唔！不行！

腳不動，站不起來……

「不行！我實在站不起來！」

我這麼一說，木製就熱淚盈眶地瞪著我。

「花灑笨蛋！怎麼這麼沒出息！自己一個人站不起來，就怪腳不好！腳好端端地會動咿！花灑愛依賴人！膽小鬼！沒出息！為什麼就是辦不到咿！你這樣會一輩子也站不起來咿！這樣沒關係嗎？花灑你沒出息！我不管你了！我再也不管花灑了！」

唔！雖然也不是不覺得這整個狀況好像都是為了講這番台詞才準備出來的，但這下不妙啊！木製都要跑遠啦！

我不要就這樣跟她分開！得想辦法……

「木製！木製！木製～～～～～～！」

我往顫抖的雙腳灌注力道，為了勉力叫住她，站起來大聲喊話。

咦、咦？我？該不會……

「花灑……花灑站起來了！」

看到我這樣，木製流下了眼淚。

就是說啊！我果然站得起來嘛！

「太好了！太好了咿！既然你這麼有勇氣，就不會有問題了咿！」

還沒呢！還只是站起來是不夠的！

我要一鼓作氣，一路追到走遠的木製身前……【咚！】

「唔唔～～～～！」

「花、花灑！」

怎、怎麼了？突然有個巨大又柔軟的物體從天而降，壓扁我的身體啊！而且還濕濕的，有點黏黏的！

鼻孔鑽進麵粉香，口中傳開奶黃的滋味……這是奶油麵包啊！

為什麼會突然有個騷騷的巨大奶油麵包砸下來壓扁我的身體？

「糟糕！這樣下去，好不容易得到的勇氣全都會消失！」

木製急忙跑向我身邊，但奶油麵包似乎不容她如願，把上半部長出的那呆毛似的物體甩得像鞭子一樣，擋住了木製的去路。

「唔！這樣會接近不了咿……」

「不、不用擔心，木製，我會好好記住……我一定不會忘記，不能坐到長椅上……」

儘管處在受到壓迫連呼吸都有困難的狀況，我仍然勉力擠出聲音這麼說。

我剛剛就能好好拿出勇氣。能做好該做的事。

所以，我和木製的約定……

當我想到這裡，明明身在夢中，意識卻已經轉為一片黑暗。

大爺我與和善我的奮鬥結果

第四章

「早啊～～！花灑！」

「唔嘎～～！」

怎、怎麼了？我明明在床上睡得好端端的，為什麼突然全身受到劇烈的衝擊！

「嘻嘻！醒了嗎？」

「……是葵花喔……」

「是啊！是葵花啊！我是來叫花灑起床，免得花灑睡過頭！」

當朦朧的視野漸漸恢復，映入眼簾的就是兒時玩伴葵花。

她在我身上露出天真無邪的笑容，把呆毛甩得蹦蹦跳跳的。

可是不知道為什麼，她的呆毛看在我眼裡，就像是甩動的鞭子。

算了，大概是因為剛才作的夢……咦，奇怪了？

「我剛剛作了什麼夢啊？」

「唔？花灑作的夢？……不知道！」

妳當然不知道了。可是，我總覺得自己拿出了勇氣，達成一件很重大的……

「算了，沒關係！就算達成了什麼，在夢裡達成也沒有意義！」

嗯！總覺得最近我常常忘記夢的內容，但反正夢不就是這樣嗎？

「花灑！趕快準備，我們 GO！山茶花也在家門外等著了！」
咦？明明講好在車站會合，為什麼山茶花特地來到我家門前？
既然這樣，最好是趕快準備。
所以呢，我俐落地換好衣服，前往學校。

*

翌日的事態進展之快，讓我覺得先前的停滯彷彿不是真的。
糾纏山茶花與 Cherry 的對象已經找出來了。
既然這樣，接下來要做的事情自然也就定案。那就是讓這兩個人對她們死心。
然後，現在是我會待在西木蔦高中的時間，所以我的最優先課題是「讓薄荷死心」。
今天早上薄荷都沒現身，但從昨天的狀況看來，這傢伙應該還沒死心。
雖然這個對手比起嵐是要客氣多了，但也不能因此掉以輕心。因為只要薄荷一天不停止糾纏山茶花，我的假男友生活就不會結束……
只是儘管面臨這種巨大的問題，在這之前還有一件事。
其實今天我們班上發生了一起所有人都得參加的事件。
這是每個人在學生時代多半都經歷過的重要事件，結果會決定你是上天堂還是下地獄……那就是，換座位。

至於結果嘛……

「花灑，以後請多指教了。」

「嗯，請多指教了……小椿。」

在我右邊的座位對我眨了一下單眼的是小椿。

小椿這個人，有她在身邊就會很讓人放心，所以我還挺高興的。

至於我左邊的座位……

「唔唔！真沒想到花灑就在隔壁！請多指、教～～！」

足球隊的有不和同學坐著對我打了個川平主播風味的招呼。

「好過分……那些籤一定壞掉了啦……」

「完了……我的玫瑰色高中生活完了……」

「……我早就知道反正會這樣。」

另外，最前排的座位可以看到葵花、翌檜和山茶花三個人很有默契地一起被擊沉了。

至於她們本來到底想換到哪個座位……算了，就先別去想了。

不管怎麼說，山茶花的座位離我很遠，讓我有些鬆了一口氣。我並不是討厭她，但大家都已經當我們是男女朋友，要是坐在一起……不就很難為情嗎？

所以，還是和不會有這種難為情的小椿跟有不和同學……咦？

怎麼紅人群開始包圍在有不和同學身旁……

「有不和同學，記得你視力不太好吧？」

「就是說啊！我也這麼覺得！從這個座位看不清楚黑板吧？」

「那跟前排的人換一下座位不就好了？」

「Nice Idea～～！哎呀～～！跟山茶花換不就好了？」

妳們的圖謀有夠明顯！有不和同學，頂住啊！

我不想被班上同學更進一步誤會我和山茶花的關係！

所以希望你務必留在我旁邊的座位！

「不、不會，我從這裡看黑～～！板也完全……」

「「「完全？」」」

「……看不見。我覺得還是坐前排好……」

有不和同～～！學！你完全被紅人群的壓力給壓垮了啦！

呃，你的心情我也不是不懂啦……她們施壓起來真的很可怕……

「有不和同學的視力不好，坐在現在這個座位的話會看不清楚黑板，所以和山茶花換位子～～！」

於是有不和同學就哀傷地被紅人群帶到前排的座位去了。

結果明明換了座位，左邊還是一樣坐著山茶花……

「哦、哦～～又是你在我隔壁喔？算了，沒關係啦！雖然我一點也不高興！」
是這樣嗎？那我就什麼也不說了。
「原來有這招！好～～我也……」
葵花啊，小椿的眼睛沒有不好，同一招可……
「我腦袋很差，黑板看得太清楚就不好了！小椿！跟我換位子！」
妳頭腦真的很差！太差了！
「葵花，我覺得如果頭腦不好，要認真聽課，還是前排座位好呢。」
「聽妳這麼一說，還真的是這樣！」
不必人家說妳也該發現吧……

換完座位後，我正準備第一堂課要用的東西，E子同學就跑了過來。
「呵呵！花灑，太好了！你又坐在山茶花隔壁了！」
「不，嚴格說來，我比較希望小桑坐我隔壁……」
「花灑，珍惜朋友是很好，但這樣不行啊！如果男朋友滿腦子只想著朋友，女生會有點不舒服！」
E子同學又說出她的情侶理論了。為什麼我最近一直被她教育呢？
「不用擔心，因為按照計畫，我和山茶花的關係再過不久就要結束了。」

「咦咦咦咦！為什麼！」

「因為我已經查出糾纏山茶花的人了，之後只要讓這傢伙放棄糾纏山茶花，我們不就沒必要維持這種關係了嗎？所以，接下來我會優先進行這件事，假裝男女朋友就放在其次。」

「嗯、嗯～～……這樣啊……」

E子同學似乎不太認同。坦白說，不只她，紅人群的幾個人都一樣，明明拜託我處理這次的事情，對於事件的解決卻很消極。

昨天我也回報了薄荷的消息，但她們回答：「查出是誰真的是好大的躍進！那以後也拜託你繼續假裝是山茶花的男朋友喔！」一副全都丟給我處理的態勢。

算了，沒關係啦。因為我打算就在今天之內靠自己解決薄荷這件事。

我可不會拖泥帶水讓那傢伙稱心如意。

我就讓大家好好見識見識我已經有所長進！

*

「果然給我出現了啊……」

休息時間，我和山茶花一起來到走廊上，就在稍遠處看到一個人影……是薄荷。

「那、那個……要怎麼辦？」

「想也知道吧，我們要逮住那傢伙，好好說服。」

「可是，昨天對方不就完全不聽你說話嗎？你想想！我們已經查出是誰在跟蹤，所以不必慌張，等事情穩定一點再來也……」

「不，我要在今天之內了結。山茶花妳也想趕快結束這種關係吧？」

「這、這……！話是這麼說沒錯啦……可是……一旦結束……」

她的態度硬是吞吞吐吐，但既然決定要做，我就是會做。

既然已經知道犯人是誰，我就不打算袖手旁觀。

……嗯？手機在震動……是 Pansy 啊？

『花灑同學，你要小心。我總覺得這個人的視線有點奇怪，與其說是在看真山同學，反而更像……沒事。你要加油喔。』

總覺得這訊息也是吞吞吐吐……算了，沒關係啦。

「山茶花，妳先去跟 Pansy 會合。等談完了，我會跟妳們兩個回報。」

「知道……了……這樣一來，就結束了……吧。」

山茶花表情一沉。她的表情與聲調硬是讓我胸口有種陰影，但我還是揮開這些顧慮。

現在不是猶豫的時候。因為我除此之外，還有一大堆問題要解決……

我走下樓梯，走出校舍，走向體育館後面躲起來，緊接著薄荷就慢了我一步出現。

從薄荷四處張望的模樣看來，多半是在找我吧。

畢竟今天我是打算好好談。比起像昨天那樣待在人來人往的走廊，不如這個時間絕對不會有人來的體育館後面來得方便啊。

話說回來，竟然這麼老實地被跟昨天一樣的招釣上，這傢伙還挺單純的。

準備也都做好了，那就……

「嗨，薄荷，今天你也挺開心的嘛。」

「啊！」

薄荷一看到我就想跑，但我立刻繞到正前方擋住去路。

畢竟昨天就讓他跑了，今天我絕對不會再讓他跑掉。

「嗚嗚！為什麼花灑學長對我這麼……」

「想也知道，是為了讓你不再糾纏山茶花。」

「我不要！我絕對不停手！而、而且啊！昨天我也說過，我又沒給她添麻煩！我只是崇拜山茶花學姊，想拿她當參考——」

「你做的這些事情，你崇拜的山茶花可曾做過一次？」

「！這、這個嘛……」

「我說薄荷，你昨天也說過吧？你從國中時代就崇拜山茶花，想變得像她一樣堅強。」

「說是說過……這又怎麼了嗎？」

薄荷全身一震，但仍然瞪著我。

然而，比起待在唐菖蒲高中的向上相容版，這根本沒什麼大不了的，小事一樁。

「坦白說，我覺得你還挺堅強的，畢竟你敢對高年級的我這樣說話。所以啊……你要不要試著拿出勇氣，踏出下一步？」

「下一步……是嗎？」

「對。這次要用對的方法，好好對自己最重要的對象，坦白說出自己的心意。」

「…………」

好了，薄荷低頭不語，就不知道會怎麼出招了。如果可以，我是希望這傢伙就這麼乖乖聽話啦……

「那個，花灑學長……會不會討厭？討厭這種跟蹤別人的人……」

「我？我想想……也是啦，換作是我，絕對……咳，是有點討厭吧。」

該怎麼說呢？我覺得說不出「絕對討厭」的自己好可悲……

「這樣啊……所以學長喜歡不跟蹤人的人是嗎……」

倒是薄荷為什麼要一直問我啦，我的意見根本不重要吧。

「……我明白了！……我決定不再跟蹤山茶花學姊！」

「真的？」

「是！而且被喜歡的人討厭，那多為難啊！」

這話說得一點也不錯，但我真沒料到事情會進展得這麼順利！

「照片我都會連同檔案一起處理掉，也不再聞制服……呃，花灑學長你怎麼了？看你表情這麼吃驚。」

「沒、沒有，什麼事都沒有！」

我是因為事情竟然進行得這麼順利才嚇了一跳。

……為防萬一，也許薄荷刪除檔案的時候我最好也在場，親眼見證照片一張一張砍掉。畢竟薄荷也可能留著沒砍啊！

絕對不是因為我想看山茶花的養眼照片，這點千萬不要誤會。

「我姑且問一下，你是真的要停手吧？不會再糾纏山茶花吧？」

「那當然！我絕對不會再這樣了！我發誓！」

好耶～～～～！解決一個大問題啦！

太好啦～～！這樣一來，放學後的部分是還不知道，但除此之外的生活就天下太平啦！

「你能這麼說我好高興！謝謝你！」

「哪裡，該道謝的人是我！是學長讓我發現自己犯的錯……花灑學長，你人真好！」

我就說吧？我人很好吧？哼哈哈哈！

好～～！再來只剩下 Cherry 的問題！哎呀～～！事情這麼順利地……

「花、花灑學長！關於這件事……我保證不會再糾纏山茶花學姊，所以，可以答應我一個請求嗎？」
嗯？請求？
哼哼～～……我看薄荷是被我華麗的說服給感動，尊敬我了吧！
「好，只要是我幫得上忙的，儘管開口吧！」
「太棒啦！那我馬上跟學長說！」
喂喂，不要這麼開心地用力閉上眼睛，擺出握拳姿勢。
你也有可愛的一面嘛！那我就好好給你建議跟支持吧！
那麼，在薄荷開始說之前，我就留在原地「發呆」等——
「喔～～呵呵呵！這樣就是長椅剛放～～！」
「什麼？……什麼啦～～～～～！」
給我等一下啊～～～～！為什麼會唐突地冒出一個有著很像某某夫人電棒捲髮型的千金小姐，穿著啦啦隊的服裝，跑來放長椅啦！這位是……
「…………發、發呆子學姊！」
是西木蔦高中三年級，啦啦隊隊長……名字太有個性的大千本槍子學姊。
順便說一下，姓是「大千」，名字是「本槍子」，請大家不要弄錯。
「Non non non！如月同學，你這叫法不對吧！請你滿懷敬愛地叫我『大千本槍（Gerbera）』！喔呵呵呵呵！」

喔呵呵呵呵，我絕對不這麼叫妳……

「呵，如月同學，你竟然會來到這一邊，真是令人驚奇！說來僭越，但我要送你這個禮物！那麼…………Adieu！」

用不著，馬上拿回去……呃，已經不見了！是消失到哪裡去啦！

不妙啊！接下來的發展肯定是……

「啊，呃……首先，可以請學長坐在我旁邊嗎？」

吼～～～～～！就算第二學期已經開始，這樣也太拚了吧！

該死，左或右的選擇又撲向我……呃，不要坐在最右邊～～！

至少讓我選啊！

「…………好啊。」

但無論我如何抱怨都是非坐不可，所以我乖乖聽話，在薄荷的左邊坐下。然而即使我都聽話坐下了，薄荷卻不說下去。

大概是相當緊張吧，只見薄荷視線朝下，忸忸怩怩地搓著手。

……果然是這套啊……

「啊～～……感覺好緊張耶！呵呵呵！」

真的是這套！老實說，我可比你緊張五億倍！

「我接下來要說的話……不希望花灑學長以外的人聽到……」

好好好，是嗎？那您要找我商量的是什麼事情呢？

反正不會是什麼好事……呃，慢著。

上次的E子同學，還有上上次的Cherry找我商量的事情，不管是讓我大失所望也好，把我打落不幸之中還要叫我幫忙也罷，都和Cosmos以及葵花那次有些相似。也就是說，和第一學期早期的事態很像。

所以，假設薄荷要找我商量的事和當時的第三次……也就是和Pansy找我商量的事情相似，就表示薄荷要商量的說不定是……不不不！不可能不可能！這絕～～～對不可能！

「我一直很煩腦。這種話不該說出來，這點我在腦子裡很清楚！可是，我還是抗拒不了自己的心……所以，請學長聽我說出由衷的話！」

是、是那件事吧？你是要說你喜歡山茶花吧？

不用擔心！應該不會是「那傢伙」！只有「那傢伙」是不可能的！

這下就確定是山茶花了！除了山茶花，再也不做第二人想！絕～對是山茶花！

「花灑學長……」

薄荷做出覺悟，強而有力的視線鎖定我。

那對眼睛有一種將人的心一把抓住的神奇魅力，讓我看得目不轉睛。

薄荷的眼睛漸漸接近，鼻尖傳來薄荷的鼻尖碰了上來的感覺。

下一集，正中山茶花！

「請學長當我的男朋友！」

……這是為什麼啦～～～！為什麼好死不死偏偏來這招啦！

「呃、呃！可是啊，你是——」

「契機是今年，棒球校隊打進的地區大賽決賽！」

聽我說完～～～！你們這些傢伙真的一個個都不聽人說話耶！

「當時比賽結束後，我非常感動，離開了球場！肉搏戰中的肉搏戰！那實實在在是一場男人間的對決！我看得眼淚一流再流，停不下來……」

少囉唆。我幾乎整場比賽都沒能直接看到，別一直徵求我的認同。

「然後，我滿懷感動，從球場的南出口回去……只是，我滿心想再次陶醉在感動當中，就折回球場……結果，我就看見了！看見大賀學長和花灑學長在離球場有一段距離的地方，兩個人很要好地一起吃炸肉串！」

給我乖乖回家去～～～！為什麼去年從西邊出來，今年卻換成南邊啦！

「我看得心頭小鹿亂撞！當時花灑學長的笑容，讓我深深感受到花灑學長真的很在乎大賀學長！我就想說我也希望能被這樣放在心上……這時我發現了！發現我對花灑學長……一見鍾情了！」

「不、不是……！薄荷是對山茶花……」

「起初的確是這樣！可是，現在不一樣！我已經完全！被花灑學長迷住，我對花灑學長Only Love！除了你以外不做第二人想！」

說到這個我才想到，昨天薄荷給我看的照片，除了山茶花，照片裡都絕對還會拍到另一個人啊。

至於這個人是誰，我實在不想說，就不說了……

「是這樣嗎……」

……話說各位是不是差不多也注意到我的態度不太對勁了？

我——花灑也就是如月雨露，難得被人來上這麼一段超直接的表白。

各位不覺得照我的個性，應該更高興一點嗎？

「我一直好害怕……因為我，沒有勇氣……可是，我現在要拿出勇氣說出來！」

在說理由之前，還請各位稍稍回想一下以前我和薄荷的談話內容。

我第一次逮到薄荷時問他：「幾年級？」

這個問題乍聽之下很普通，實際上也很普通。那麼，我就再補上一項情報吧。

我們學校的制服，「只有女生」會照學年決定緞帶的顏色。

一年級黃色，二年級紅色，三年級藍色。

但我卻對薄荷「問了年級」！

「花灑學長，我喜歡你！我最喜歡你了！哪怕……」

也就是說呢，這位叫作薄荷的薄井明日荷……

「我是男生！」

救命啊，小桑～～～～！為什麼我會對這方面攻略得這麼俐落啦！

「那個……花灑學長？」

「咿！什、什麼事呢，薄井同學？」

怎麼他開始用水汪汪的眼睛窺探我臉色似的注視著我！

「學長還是會覺得困擾吧？突然聽我這麼說……」

「不是啦～～！也不是困擾，該說是驚天動地嗎……站在本人的立場，也是覺得實在非常遺憾就是了……」

「就是說啊……唉……要不是花灑學長已經有女朋友，我就能搶到這個位子了……」

搶不到好嗎？為什麼你會覺得只要我沒有女朋友，你就可以順利進站？

「嗚……好寂寞喔～～……」

停，不要這麼少女地用手背用力擦眼淚。

真的好險……原來要不是我和山茶花建立了假的情侶關係，被盯上的人就是我啊……真

「怎、怎麼說呢……不好意思，我沒辦法跟你交往。你、你也知道，我有山茶花啊！她真的是喔！對我來說真的是最理想的女朋友了！」

「嗚嗚嗚！我明白了……可是，如果你們兩位分手，還請告訴我喔！」

我死也不會告訴你。要是被你知道我們分手，你根本就滿心想乘機進站嘛。

「這樣啊！也是啦，我這麼喜歡山茶花，應該是不可能，但我會記住的！」

「好的！……呵呵！花灑學長說得沒錯，踏出下一步真是大大地踏對了！」

我的狀況已經不是踏一步，是三級跳摔了。

「那、那麼！就這麼說定！我差不多要回教室了！」

「呵呵，花灑學長，你臉色都發青了耶，該不會是在害羞？」

你這小子，我可沒聽說過有人用臉色發青來表達害羞的。是恐懼啊，恐懼。

總之，我從長椅上站起，卯足全力拔腿就跑。

……「讓薄荷死心」任務算是順利達成了。

只是，在解決的同時製造出來的副產物也未免太破天荒了吧……

＊

——午休時間。

得知震驚的事實，讓我在午休時間整個人都被打落絕望之中。那種絕望屬於一種我前所未見的類別。

在熱鬧非凡的圖書室裡頭，由於輪到休息時間，我就和葵花、翌檜、Pansy 一起吃飯，只是……

「唔唔～～！出現意想不到的對手了啦！」

「就是說啊……這事態真是出乎意料……」

「這可傷腦筋了……虧我本來還放心地想說不會有比小桑更強的對手了……」

這幾個女的到底把我當什麼了？

還有，妳把小桑當成多誇張的強角色啦？

「可是，這樣一來事件就解決了吧！我從明天起又可以和花灑一起上學了吧！」

「我也終於可以在教室跟花灑說話，所以很開心！」

也對，這話說得沒錯。畢竟我已經沒有理由繼續保護山茶花，也沒有理由繼續假裝男女朋友。雖然發生了多餘的事件，但好歹還是能夠回到日常生活。

至於薄荷……還是做出覺悟，早點告訴他真相吧。
如果這樣會讓他想乘機進站，我也只能全力拒絕。
「也對。姑且算是放下了肩上的一副重擔。」
「呵呵。既然這樣，今天我就準備好喝的紅茶來慶祝吧。」
說來說去，大家應該都忍了很久。
連 Pansy 都挺興奮的，看來心情很好。
怪了？Cosmos 是怎麼啦？現在明明不是輪到她休息，卻跑了過來。
「各位，如果不介意，吃吃看這個吧。這是我今天拿出看家本領做的。」
「哇～～！Cosmos 會長，謝謝妳！我好高興！」
呀喝～～！雖然發生了怒濤般的悲劇，原來也有令人開心的事啊！
Pansy 的點心和紅茶，還有 Cosmos 的便當。就是因為有這些，我才會戒不掉跑圖書室這件事情！
麻煩不要吐槽說這和圖書室無關。
好了！那麼，至少現在讓我享受片刻的安息——
「嘻嘻嘻……花灑學長，我來見你了……會不會……造成你的困擾？」
我的片刻安息啊～～～～！為什麼好死不死來的人是你啦！
「嗨、嗨……薄荷。」

但既然人都跑來了，總不能趕他回去。而且我也沒有這種權限。

唉……薄荷同學馬上就用狐疑的表情看著我啊。

「奇、奇怪？學長不是和山茶花學姊一起嗎？那個……花灑學長和山茶花學姊是男女朋友，我還以為午休時間你們一定在一起……」

好好好，我就知道你會這麼說。

反正我本來就打算拆穿，既然這樣，就愈快愈……【砰！】

「呼～～呼～～……真是的！你為什麼先走啦！」

「咦？山茶花？」

不不不，山茶花為什麼會來圖書室？

妳午休時間不是都和紅人群一起吃飯嗎？

而且還氣沖沖地走向我……哇啊！還勾起我的手臂！

「來！我們一起吃午飯吧！我都做好便當來了！」

「呃……我沒跟妳約好這種事……哇！」

她的嘴湊到離我耳朵有夠近的地方來了耶！

啊啊……清雅的香皂芬芳飄了過來。

「你不是被他盯上了嗎？既然這樣，這次就輪到我了！」

「咦？」

山茶花小聲說出這幾句話，不讓別人聽見。

這意思該不會是……

「嗚嗚！花灑學長果然要和山茶花學姊一起吃飯啊……虧我還以為我有機會……」

「哼哼！很遺憾，你想得太美了！因為這傢伙……是我的男朋友！」

果然是這麼回事啊！山茶花為了還我先前的人情，打算繼續跟我維持假男女朋友關係！

期限大概是到薄荷死心為止。

這個提議的確讓我感謝得不得了啦……

「咦咦？花灑，不跟我們一起……吃飯嗎？」

「怎、怎麼這樣！虧我還想說好久都沒能一起休息了……」

「葵花、翌檜，情況特殊，我們還是忍耐吧……這沒辦法。」

我總覺得這樣也有很多問題……

可是，如果我在這個狀況下坦白把情形告訴薄荷，山茶花就會顏面盡失。

這未免太令人過意不去。我不能恩將仇報。

「呃、呃……對不起喔！可是啊，一想到這傢伙的情形，我就不能放著不管……」

看來山茶花還是會在意，但似乎不打算讓步。

被她勾住的手臂從剛剛就被架得快要散了，還真有點痛。

「不用放在心上。謝謝妳幫助花灑同學……好了，趕快跟他一起吃飯吧，休息時間很有限的。」

「嗯、嗯！謝謝妳！還有……還是很對不起！」

得到 Pansy 的許可讓她笑逐顏開，但還是道了個歉。

之後她盯著我說：

「好了，我們趕快過去吧！」

「嗯、嗯……」

No～～～～！我那麼期待的 Pansy 的紅茶還有 Cosmos 的便當啊～～～～！

我被山茶花拖著走，這些都離我愈來愈遠啦！

就這樣，我和山茶花走到閱覽區裡離她們有點距離的座位。

打開便當盒一看，莫名地是一場由我愛吃的菜組成的大閱兵。

相信山茶花一定是為防萬一，事先準備好的吧。

準備周到得嚇死人。

「那麼……嘴巴張開……呃，做到這地步多不好意思啊！你自己吃啦！」

「我、我知道啦。」

「唉……好遺憾。花灑學長和山茶花學姊說來說去還是好登對耶～～……」

薄荷啊，可以請你盡快放下對我的心意嗎？

山茶花的好意很令人感謝。坦白說，這便當又全是我愛吃的菜，有夠好吃。

可是……可是啊！

「為什麼還沒結束！虧我剛剛那麼高興……」

「嗚嗚～～！這不喝誰受得了！Pansy，再來一杯！」

「好的。某人的份多出來了，所以還有很多呢。」

我對她們產生的罪惡感實在非同小可……

為什麼事情會變得這麼複雜呢……

＊

——放學後。

雖然發生了很多意料之外的事態，但放學後要做的事情還是沒有改變。

接下來的目標是「讓炭印嵐死心」。

我覺得這個對手相當難纏，但並不打算打退堂鼓。

只要見了面，我會讓他死了對 Cherry 的這條心。

「那我們去採買吧………」

接下來要進行的是學生會的採買。昨天我們去視察各社團與委員會，列出了需要的各種器材。今天我們就要去採買這些器材，由學生會發給各社團使用。

因此我先在唐菖蒲高中的廁所戴上帽子、墨鏡與口罩的變裝套件之後才和 Cherry 會合，但她顯得很沒精神，垂頭喪氣。

「怎麼了嗎？總覺得妳好像很沮喪……」

「是、是喔？會嗎？我很有精神啊！啊哈哈哈哈……」

她立刻切換成燦爛的笑容，但很遺憾，非常明顯是在強顏歡笑。

「當然會，我是不會逼妳說啦，但如果可以，希望妳可以跟我說。」

「這聽起來就是在逼我說吧……」

「也有這樣的一面吧。畢竟我就是因為妳拜託，才會弄成現在這個樣子。」

「嗚嗚～～！這種說法太賊了吧……唉……好啦。」

看來她認命了，願意說明情形。

「我、我說啊……真的可以嗎？真的可以請你假裝是我男朋友？……你也知道，糾纏我的那個人好像相當危險，給你添太多麻煩實在……」

原來如此，是這麼回事啊？的確，她會擔心我，這心情我懂。

炭印嵐……雖然尚未實際造成傷害，但這個人說出了「不分手就殺了你」這樣的話，還亮出了小刀。Cherry 一定是覺得這個人遠比她想像中更加危險吧。

所以她才會遲疑，不敢給我添太大的麻煩……說來說去，她還是很善良嘛。

「請不要放在心上。這次的問題，我會解決的。」

「真的？……真的，可以嗎？」

怯生生的視線。平常老是看到 Cherry 開朗的笑容，所以這樣的她還真有點新鮮。

「當然可以。既然決定要做，我就會做到底。」

「哇～～！謝謝你！我好高興……我真的好高興！」

太好了。她總算恢復開朗的笑容了……呃，唔哇！

她打起精神是很好，但突然來抱住我的手臂是怎樣……！

「好～～！那就請你別客氣，光明正大擺出男朋友的樣子吧！」

太極端了！一得到許可就這麼大膽行動，實在出乎我的意料！

「Cherry 會長，碰到了！都碰到了，妳分開一點……」

「咦～～！分開也不好吧？畢竟你是我的『大變態男友』耶。只有我們兩個人的時候，反而是你要主動展開各種行動才行啊！」

剛才那個擔心會給我添麻煩的發言似乎已經飛到九霄雲外去了……

「來！你要趕快擺出我的大變態男友的樣子啊！」

「什麼～～！真的要做嗎？」

「那當然！快點快點！啊！還有，之前我就一直覺得不對勁，你要叫我名字才對啦！畢竟你是我的男朋友耶！」

看樣子要是不趕快滿足她的希望，要求大概會愈提愈多吧？

……沒辦法，這種時候還是做好心理準備……

「唔、唔嘻嘻嘻……阿桃，妳身上好香啊～～嗅嗅。」

「這樣不行吧！不能只用說的，要用行動表達啊！來！首先就牢牢抱住我！要抱得我們的身體都緊緊貼在一起！」

我看比起男友，女友才是大變態吧？

「只、只有一下子喔。」

唉……像這樣戴著口罩、帽子和墨鏡緊緊抱住女生……就算有人看了報警也不奇怪……

「說話的方式！要更變態一點！」

「唔嘻嘻……我要抱住阿桃啦～～！」

我說話的同時用力抱緊 Cherry……嗯，我有點想死了。

「啊哈哈！謝謝你！我好開心喔！」

「……妳能滿意真是再好不過了……」

為什麼我非得做這種事情不可？

之後我和心滿意足的 Cherry 一起從唐菖蒲高中出發。

順帶一提，現在只有我和 Cherry 兩個人，Cosmos 則在唐菖蒲高中的學生會室待命。

因為在昨天視察時極其活躍的 Cosmos 有了採買以外的工作要做。

那就是回收各社團與委員會不再使用的器材。雖然也有些器材已經很破舊而不能用，但仍有部分器材還能用，所以就由列出這些器材的 Cosmos 去請他們將這些器材送到學生會室，另外也將器材發給需要用的社團與委員會。

當然，這些工作並不是只由 Cosmos 一個人做，其他學生會成員也一起進行。

唐菖蒲高中的風氣很排外，真沒想到 Cosmos 不但輕易贏得他們的信任，更已經將他們使喚得像手腳一樣靈活……讓我都搞不太清楚到底學生會長是 Cherry 還是她了。

好了，都來到店裡了，那邊就交給 Cosmos 處理，我們就好好採買……嗯？那是……

「好～～！那我們就來採買需要的器材——」

「桃學姊，不好意思，可以請妳先過去嗎？」

「咦？怎麼啦，突然這樣？」

「我想打個電話，打完我就會過去，請別管我，自己先進店裡吧。」

「嗯～～……好吧！那打完電話要趕快過來喔！等會合之後，我們就一邊打情罵俏一邊採買吧！」

「咦！等一下！為什麼會多出這種多餘的附加條款啦……呃，好快！」

聽我說完啊！妳跑進店裡的腳步是在雀躍什麼啦！

所以就算在店裡也得當大變態喔？……糟透了。

我是很想這麼抱怨，但現在得轉換心情……

「我話先說在前面，今天我可也不會手下留情。」
Cherry 離開後，就和走過來的這小子說話吧。
身穿便服，身高一六五公分左右，有著幾分圓潤的漂亮眼睛，全往後梳的髮型。
……是炭印嵐。
「你早就發現了？」
「沒錯，算是以前練出來的本事。」
我發現炭印嵐在跟蹤是在正要走進店裡時。
我總覺得有視線在看我，於是留意周遭，果然發現這小子在場。
我之所以能發現，原因多半出在今年地區大賽決賽時所進行的那場打賭。
就是因為當時我一直在注意周圍有沒有人，對於投向自己的視線才會變得這麼敏感。
真是的……我都在一些奇怪的地方長進啊，實在不是很高興。
而這小子會等 Cherry 離開才來找我說話，也就表示……
「昨天我應該說過，要是你不跟櫻原桃分手，我就殺了你。」
果然是來說這句話的啊？
他的嗓音有點尖，但仍充滿恫嚇感，不管是誰都能清楚聽出他在生氣。
他的怒氣很強烈，換作是沒有膽識的傢伙，大概當場就會道歉然後逃走。
可、是、呢——

「是啊，你說過要殺了我。」

我特意回答得很平淡。

哼哼哼！可別以為我還是昨天以前那個軟弱的花灑！

今天的花灑有點不一樣！就讓我俐落地說服他吧！

主要是為了自己的太平日子！因為我已經受夠演這種大變態了！

「那你為什麼沒跟她分手？」

「當然是因為我不想分手。」

「什麼……？」

炭印嵐的聲調壓得更低……也變得更危險了。接著，他將手伸進口袋。這只是推測，他大概是想拿出昨天也帶在身上的小刀來威脅我吧。

「我可以當作你已經有覺悟了吧？」

炭印嵐往前踏上一步。所以他是想這樣嚇唬我？

很遺憾，這是白費心機。坦白說吧，今天我完全沒有必要害怕。

「要動手也行…………但你要在這裡動手？」

「……什麼？」

沒錯！這就是我之所以有把握的根據！昨天我們是在沒什麼人的夜路，但今天不一樣！

現在我們身在商店街！時間是下午三點！也就是說，有很多人在！

在這種地方一拿出小刀的瞬間，就會輪到國家權力出場！

「你已經錯過最好的機會，我不會再犯下像昨天那樣的失誤。既然知道你有所圖謀，那我只要選擇你沒辦法下手的地方來移動就沒事了。」

「開什麼玩笑！管他是什麼地方……！」

「你要動手？在這裡把事情鬧大，Che……呃，桃學姊說不定就會回來喔。」

好險好險，我都忘了我們講好要叫她名字。而且，像這樣用名字來稱呼Cherry，也許就會讓炭印嵐覺得我們的關係變得更堅定了，也就可以拿來當成說服他死心的藉口。

「…………」

炭印嵐用聳動的方法威脅我，但應該不想在Cherry面前這麼做吧。

那當然了。一個男生拿刀出來威脅人，這已經不是討厭就能了事。

而且，雖然是假裝的，但對Cherry的男朋友這麼做就更嚴重了。

最壞的情形下，Cherry有可能氣得失去理智，對他說：「再也別接近我！」

被心上人這麼說，真的會很沮喪喔。

「……人也愈來愈多嘍。」

附近就有車站，大概是電車到站了，許多人陸續過了馬路。而且還有個戴著帽子、口罩和眼鏡，怎麼看都太可疑的男子在這裡，矚目度也非常夠。

該怎麼說，沒想到這打扮反而大有幫助……

「……嘖！別以為我會就這樣算了。」

好的，完成。從他轉身的模樣看來，今天大概是打算先打退堂鼓了。

……可是，還沒呢。

「等一下，炭印嵐同學。」

我不會在這個時候放他走。

既然要做，就要做個徹底。無論對上多危險的對象，也無論這幾句話我有多不想說……

「不管你多珍視桃學姊，不被接受的心意就是不會被接受喔。」

決定要做就要做個徹底。這就是我的座右銘。

「……那又怎麼樣？在你消失之前，我絕對不會打退堂鼓……再來就只剩你了。只要沒有你在，能待在櫻原桃身邊的……就只有我。」

……也是啦，覺得被甩一次就會當場結束，這樣的想法大概太單純了……

「即使我不在了，桃學姊身邊還有很多人喔。她在唐菖蒲高中也很受歡迎，大家不會放著她不管的。」

「我知道，因為她是個很棒的人……可是，就算這樣，我只要能待在離她最近的地方就好。」

原來如此啊。說穿了，就是 Cherry 承認他這個「朋友」，卻不把他當「情人」看待？

「說起來你根本是外校的人，又是個只對胸部有興趣的大變態。這樣的人，配不上櫻原

桃。配得上她的人……是我。」

後半段會不會太過分了？呃，雖然是我們自己這樣設定的沒錯啦……

「這些都不重要。」

而且我又不是大變態。是超絕紳士。壓倒性地是紳士。

「你說不重要？怎麼可能……」

「當然，我不會說全都不重要。實際上，盡可能在一起應該是比較好……可是啊，你知道嗎？……有時候就算待在身邊，也只會讓對方寂寞喔。」

「……！」

炭印嵐的表情微微一僵。我想，他大概也心裡有底。

還好這個人不是完全不講理。

「重要的是心意。即使分開，只要兩顆心相連就不會寂寞。說來不可思議，光是知道重要的人想著自己，就會覺得不要緊。」

「……你對櫻原桃這麼……」

「不然我才不會想這樣跟你說話。這是在向你證明，證明我有多在乎桃學姊……」

還有，主要是要證明我不想當大變態。

真的很累人。那種事情我再也不想做了。

「那你呢？你真的很重視桃學姊？」

「那還用說！雖然她現在躲著我，但總有一天，我和她會互相了解彼此的心意……」

「明明到今天為止已經表白過好幾次卻被甩了？」

「……唔！這只是因為她還不了解我……」

「你啊，一直都只顧著你自己吧？覺得你才配得上櫻原桃，覺得她只是不懂你，總有一天你和她會了解彼此的心意。你只是單方面在強迫推銷你的心意……這樣不行。如果不是彼此了解對方的心意就沒有意義。有時候，有急流勇退的勇氣也很重要喔。」

「唔！唔！唔唔唔唔！」

炭印嵐嘴上還在抗拒，但相信他其實也明白。

明白他讓Cherry怕他，躲著他。

但他仍然不死心，大概就是因為他太喜歡Cherry，太重視她了。

……正因為這樣，接下來這句話對他應該會產生很大的效果。

「拜託，算我求你，不要再糾纏桃學姊了。你也不想看到她難過的表情吧？」

「這……！你說得沒錯……」

果然。雖然炭印嵐都只顧著講自己，但根本上他還是在為Cherry著想。

所以對Cherry而言不利的事態是他最想避免的情形。

「…………」

炭印嵐還沒有回答，八成是在煩惱自己該怎麼做吧。

他會聽我的話，不再糾纏 Cherry，還是今後也會繼續跟蹤她呢……

「…………好吧……我不會再跟蹤櫻原桃。」

「你願意這麼說，幫了我很大的忙。」

好！沒想到事情這麼順利就談妥，真是太好了！搞什麼，這傢伙還挺明理的嘛！

雖然弄得有點像是拿 Cherry 當藉口來逼他死心，讓我有點過意不去。

「可是，一旦我判斷你配不上櫻原桃，我就會回來。到時候，我不會再讓給你。待在她身邊的……就會是我。」

「知道了，我會銘記在心。」

「……那我走了。」

可能是我話說得太重，炭印嵐垂頭喪氣地走遠了。

該怎麼說，雖然我說了很多謊，但追根究柢來說，我這男友就是冒牌貨，事到如今也沒什麼好在意的。

「真是的！你要讓我等多久啦！」

哎呀，大概是因為我們談判了很久，Cherry 都跑回來了。

可是，她來得正巧。畢竟事情都談完了。

「……呃，咦？你要打的電話呢？」

「就在剛剛講完了。」

這個時候，最好什麼都先不要對 Cherry 說。

要解釋情形，等回到唐菖蒲高中也還……

「好！那這次我們真的要進去了吧！就再請你好好當個大變態男友了！接下來我希望你緊緊握住我的手，興奮得氣喘吁吁！」

我說啊，可以讓我馬上開始說明嗎？

總覺得這大變態的門檻變得有夠高耶。

「快點快點～～！」

「這就等下次有機會……」

「不行！現在不做就沒有意義了吧！」

嵐已經離開，現在做反而沒有意義。

但我又說不出這種話……好啦……我做，我做就是了……

「阿桃的手，好軟喔～～！呼呼……」

「嗯！非常好！那麼，接下來……」

之後我就一邊回應她接二連三提出的大變態要求，一邊和她一起採買。

炭印嵐啊，還請你盡快停止糾纏 Cherry……

*

「呼～～……這樣總算是搞定了吧……」

我順利抵達唐菖蒲高中的廁所後，卸下變裝套件。

首先，我終於鬆了一口氣。

我本來還提心吊膽地擔心被嵐拆穿，但看他的樣子，應該是沒發現。

也幸好今天墨鏡沒被破壞……

昨天被他踩壞，所以我今天為防萬一還準備了幾副預備的。

是說，這根本是超級大躍進吧！這樣一來，「讓炭印嵐死心」的任務就達成了！

也就是說，當初的任務已經全部順利完成！

而且 Cherry 這邊又沒有多餘的副產物，已經確定沒我的事了！

話說回來，現在還無法確定炭印嵐已經完全不會再糾纏她，所以要繼續假扮男友一陣子，但也只需要再維持一週左右！

太好了太好了！接下來只要輕鬆地幫忙一下唐菖蒲高中的業務就ＯＫ了！

雖然現在已經變成附帶的，但「在唐菖蒲高中扮演 Cherry 的男友」是屬於常態發動型任務，可不能因為我掉以輕心，讓我們的假關係被拆穿。

也好，就離開廁所，前往唐菖蒲高中的學生會室吧……

「看你的表情好像心情很好嘛……花灑。」

「嗚嗯！水管……原來你在啊……」

「我在啊。因為想跟你講幾句話。」

有個人背靠在牆上，雙手抱胸等在那兒耶！

給我用這種「但只限型男使用」的帥氣姿勢等在這裡……

「有什麼事啦？」

「我是想說看在我們相似一場，給你個忠告。」

「忠告～～？」

「你最好別以為事情就這麼結束了。」

「……什麼？」

這小子在說什麼鬼話？

山茶花那邊還說不準，但 Cherry 這邊明明這樣就已經解決了吧。

嵐打退堂鼓了。既然這樣，根本就不會再有任何問——

「要讀出別人不為人知的心意。你有好好看出炭印嵐不為人知的心意嗎？」

看他笑得那麼得意，是怎麼回事啦？

「算了，總之就是叫你別大意。人得意忘形的時候多半會樂極生悲，不是嗎？」

「唔唔！是、是啦……話是這麼說沒錯……」

「我就說吧？也就是說，你該做的事情是？」

好可怕的魄力……所謂不容分說，講的就是這種魄力吧。
「……好啦。我會聽你的話，不會大意。」
「那太好了，就這麼說定……啊，晚點我要去學生會室領器材，到時再請多關照了。」
水管簡單扼要地跟我說了這幾句話之後就離開了。
他說還沒結束，硬是讓我覺得心裡有疙瘩。
看樣子最好別放鬆戒備，得好好繼續假裝男友才行啊。

一到學生會室，看到裡頭有Cherry、Cosmos、莉莉絲這三個人。
其他成員似乎在處理別的工作，都不在裡頭。
順便說一下，我們接下來要做的工作就是將採買回來的器材，以及從各社團與委員會回收來的器材都提供出去。剛才水管也說過，看來是要讓大家自行來領取。
因此，在有人來到學生會室之前，大可盡情享受鬆軟的沙發椅，喝著紅茶，悠哉地等著，可說處在相當有甜頭的立場。
「怎麼樣啊，雨露仔？我泡的紅茶很好喝吧？」
Cherry非常興奮，來到我身旁坐下，丟出這麼一句話。
恐怕是知道嵐不會再糾纏，所以很高興吧。
「是啊，很好喝……」

……是很好喝，但還是比不上她泡的紅茶。

本來今天午休時間應該喝得到的……啊啊，好哀傷……

「哎呀？你的表情好陰沉喔～……啊！我知道了！是堇子仔泡的比較好喝吧？然後最近喝不到，你就覺得很落寞？」

「不，也不是這麼回事……」

Cherry 大概是今天心情好，抓到機會就取笑我。

『Cherry 學姊，堇子是誰？』

這時莉莉絲在手機輸入文字，對 Cherry 問起。

對喔，原來莉莉絲不認識 Pansy 啊。

「是一個叫三色院堇子的女生！跟我同一間國中出身，是個有夠漂亮的女生！然後……大概是花灑仔最重要的人吧？」

「不、不是啦，Cherry 同學！誰是第一還不確定啦！那個，說不定也有可能……是我，不是嗎！」

妳們兩個～～！妳們根本不約而同把我的設定全都忘得一乾二淨了吧！

虧我還那麼小心不要掉以輕心，這下全被妳們毀了啊！

「啊哈！開玩笑的，開玩笑！Cosmos 仔，不要那麼慌好不好！……哎呀，莉莉絲仔，妳怎麼啦？」

『Cherry 學姊、Cosmos 學姊，如月同學最重要的人，不是 Cherry 學姊嗎？』

當然會這樣啊！會好奇對吧！

為什麼男朋友會把女友以外又不是家人的人當成最重要的人呢！

「「啊！」」

妳們兩個還給我不約而同地現在才發現喔！

「就、就是說啊～～！呃，這個部分雨露仔會跟妳解釋吧～～」

「真、真是 Nice Idea，Cherry 同學！嗯！這件事由花灑同學親口解釋比較好吧！」

喂，妳們兩個，自己搞得狀況惡化，卻還把善後工作全都丟給我，這是怎麼回事？自己想辦法解決啊，自己想辦法。

「雨露仔，我以女朋友的身分拜託你！跟莉莉絲仔解釋清楚！」

妳已經差不多要衝進大爛人的領域了喔。

這點希望妳要有自覺……該死，為什麼偏偏是我要來擦屁股……

「呃，莉莉絲，剛才 Che……咳，桃學姊說的三色院菫子同學，是我很重要的朋……朋友，大概是這樣的關係……吧～～？」

『聽起來非常像在辯解。明明是朋友卻又最重要？比女朋友更重要？』

有時候就是會發生這樣的情形嘛！

當然也有人會以女友為優先，但也有人是以朋友為優先嘛！

「這是因為，那個啊！嗯，的確是最重要的人！可是啊，那終究是桃學姊以外的人裡面的第一！妳也知道，桃學姊在我心裡已經進入名人堂了！」

『我懂。我也是把 Cherry 學姊放進了名人堂，所以我們一樣。』

安全上壘～～～！總算蒙混過關啦！

好險……還好沒被莉莉絲知道我們的祕密……

「就、就是這麼回事啦～～！我和雨露仔已經進名人堂了耶！」

大概是因為莉莉絲相信了而覺得放心，Cherry 雙手緊緊握住我的手。

我猜這大概是在強調我們有多恩愛。

「妳看，就像這樣！我們是感情很好的完美情——」

「對不起，我是圖書委員。我聽說有多出來的腳踏梯，所以來看看……」

這一瞬間，某個男人打開學生會室的門，大駕光臨了。

是我的壓倒性向上相容版，也就是 Cherry 真正的心上人……

「水、水管仔～～～！」

真不愧是愛情喜劇男主角。

充滿了能精準抓到最壞時機開門的才能……

Cherry 轉眼間臉色蒼白，緊接著又變紅。

「你、你誤會了啦！」

「唔哇！」

她放開我的手，順勢用力推開我。

相信 Cherry 絕對不想讓水管聽到剛剛那句話。

「水管仔，那個，這是，那個……」

Cherry 雙手亂揮一通。

真是的，哪有必要這麼慌張？畢竟水管知道內情。

所以，這個時候水管自己會察言觀色……

「啊哈哈！不必那麼慌，我都知道的！Cherry 學姊和花灑在交往，不是嗎？既然是男女朋友，這種互動很自然嘛！你們好登對啊！」

喂，你也太起勁啦！還給我用陽光的笑容送了個秋波。

不過好歹也肯幫忙遮掩，我是不會跟你計較啦。

照這樣子，應該可以蒙混——

「才不是！我跟花灑一點也不恩愛好不好！那個，我是有苦衷才請他假裝是我男友，我說真的！我們之間就像是單純的肉體關係！」

Cherry ～～～～～！妳要失控到什麼地步才滿意啦！

而且什麼叫單純肉體關係？我跟妳哪有一丁點肉體關係……不對，就是因為我做過有點「性」又有點「騷擾」的行為，現在才會來假裝是她男友……

……嗯，我們的確像是單純的肉體關係。Cherry，妳說得對。

「所以，水管仔！你不可以誤會啦！真的！真的不是這樣！」

Cherry 果然一情緒化，失言就會變多……

「我說啊～……我覺得妳這些話在這裡講出來，應該是相當不妙啦……」

相較之下，水管似乎十分冷靜，露出有些尷尬的表情，視線不是看向 Cherry，而是看向站在她身旁的我。

「怎麼會呢！畢竟這裡沒有人不知道內情…………啊！」

為時已晚。用失言的磚瓦一塊一塊砌成的巴別塔已經在此刻崩塌。

『Cherry 學姊，所謂假裝男友是怎麼回事？』

莉莉絲發現不對勁，用力將手機螢幕挺向 Cherry 要她看。

由於她瀏海很長，看不清楚表情，但總覺得背後冒出了憤怒的鬥氣……

順便說一下，水管用有夠傻眼的視線看著我。

「花灑，我應該跟你說過，叫你別大意吧？」

「……對不起。」

就是說啊，只有自己一個人不大意也不行啊。

也不能忘了顧好周遭的人啊……

「我說呢～……水管同學，你會不會願意幫忙解決這個狀況……」

「怎麼可能？我都被你害得這麼辛苦了，自己想辦法吧。」

水管會辛苦又不是我害的……

是經過許多曲折離奇的過程產生的結果啦……只是就算這麼說，想必也不會管用吧……

「……那我失陪了。唉……真不知道我是為了什麼在幫忙的……」

水管臨走之際還丟下一句深深刺進我要害的話。

門「砰」的一聲關上。學生會室籠罩在強烈的緊張感當中。

就在這樣的情勢下，最先發難的是……

「哎呀呀，這下事態可演變得非常Difficult了！該如何解釋才好，在下實在沒有半點頭緒！」

秋野兄，在下也有同感啊。

至少對於妳還演起戲來想幫忙遮掩的這份心意，我就好好感謝一番吧。

『Cherry學姊，請妳解釋清楚！』

莉莉絲在手機裡頭加了『！』要她說明情形。

而被她凶狠逼問的結果……

「……好啦……我全都說給妳聽就是了……」

巴別塔的塔主乖乖認命，悲傷地說出這句話。

之後 Cherry 老實說出了內情。

包括今年地區大賽的決賽時，被陌生男子表白；以及這個男子很纏人，所以謊稱自己有男朋友；還有就是提拔我作為假男友。

「所以，我就請花灑當我的假男友了……對不起喔，我一直瞞著妳。」

『……原來是這麼回事啊。真希望妳第一個就來找我商量……』

就莉莉絲而言，似乎認為 Cherry 沒有找她商量比說謊更令她難過。

「這、這是因為啊！我不想把莉莉絲仔牽扯進危險的事情啊！那個，畢竟糾纏我的人還挺讓人害怕的……」

Cherry 啊，意思是把我牽扯進危險的事情就沒關係嗎？

這個部分我想追究一下，妳覺得呢？

「對不起喔，莉莉絲，之前都瞞著妳。我其實沒跟 Cherry 學姊交往。」

我謝罪之餘，對另一件事有著罪惡感。Cherry 的失言之中奇蹟地並未提到我的本性，所以我到現在仍繼續瞞著莉莉絲。

當然，我並非毫無理由就繼續隱瞞。這時候連我的本性都告訴她，那就是資訊過剩了。

事情本來就已經很複雜，不應該弄得更複雜。

而且，等幫忙處理完學生會業務，炭印嵐的事情也完全解決後，我應該就不會再來唐菖蒲高中了……

「…………」

莉莉絲默默站在原地。

她的臉被瀏海遮住，讓我很難看出她到底有沒有在生氣。

然而過了一會兒，她開始點擊手機……

『我明白了。雖然有點受到打擊，但我已經沒事了。』

看來她是接受了。

呼～～……還好她沒說：『你和 Cherry 無關就給我出去。』當場轟我出去。

既然我還有事情該做，要是在這裡被開除，那就有點傷腦筋了。

只是，她應該也不是完全接受我啊。

莉莉絲點手機的動作變得粗魯了些。

『那麼，請告訴我，如月同學要假裝是 Cherry 的男朋友到幾時？』

說穿了，就是想知道我幾時會消失是吧？……好嚴厲啊。

「嗯～～……今天我姑且是說服了嵐同學，但他未必今後就完全不會再跟蹤，所以不能大意……現在還沒辦法確定耶。如果另外有什麼奇怪的情形發生，說不定我也會當場收手就是了。」

你們也知道，事態發展往往會超乎我的想像，根本就已經是慣例了嘛。

所以坦白說，我是打算繼續假裝個一週左右，但也有可能延期啊。

我不能貿然說出期限，雖然我是很想盡快結束。

『你所謂的情形，是指三色院菫子同學？』

「才、才不是！Pansy 和這件事又沒有關係！」

『如月同學真的很在乎這個人呢。你都滿臉通紅嘍。』

「是妳太抬舉我了啦……」

雖然若要說我不在乎她，那就是說謊了。

但除此之外，我還在乎很多人，所以倒也不是只在乎 Pansy。

葵花還有翌檜在今天放學後我要來唐菖蒲高中之前，也都落寞地說：「希望可以像之前那樣跟大家和好，讓我們可以趕快在一起。」

「對不起喔，莉莉絲仔。那個，其他人差不多也要回來了，所以這件事我是希望妳幫忙保密……」

Cherry 畏畏縮縮地接近莉莉絲，對她做出這樣的請求。

學姊和學妹的立場已經完全顛倒了。

『我明白了。那麼，這就當作是我們四個人之間的祕密。』

但莉莉絲似乎因為能站在共享祕密這一邊而覺得高興，心情不錯地把智慧型手機畫面拿給 Cherry 看，笑逐顏開。

唉……消息走漏實在是很慘痛的損失，但也許該慶幸知道的人是莉莉絲……

既然這樣，應該不會失去「我以 Cherry 男友的立場參加唐菖蒲高中學生會」的名分。

今天就先別想太多，好好為了成功說服薄荷與嵐而高興吧。

畢竟好歹也解決了最應該先解決的兩個事件。

…………只是啊，我就是有種非常不好的預感。

覺得這一切終究只是前哨戰，Cherry 和山茶花接下來才要陷入真正棘手的事態。

而我所料不錯，我的這個預感完全猜對了。

接下來，我就一步步被逼進最糟糕惡劣的狀況。

大爺我與和善我最為難的事

第五章

過了一週後的現在，我看似解決了 Cherry 與山茶花相關的兩個事件，得到能夠安息的時間……但這是大錯特錯。

本來我打算在第二學期開學後一週就不再繼續假裝男友，但這期間仍在持續延長。結果就是導致我面臨一個非常重大的問題。

「好啦，趕快走啦！嘻嘻！」

休息時間，下課鐘響的同時，山茶花就開開心心地牽起我的手。

以前她都會害羞到悲慘的地步，現在卻大不相同。會變成現在這樣，隨著時間習慣應該是理由之一，但最重要的原因還是在於立場的逆轉。

「哎呀～～！山茶花好起勁喔～～」

「真是的！不要在教室裡這樣膩在一起好不好～～」

「嗯！他們感情很好，真是再好不過！看樣子下次約會就會……呵呵呵！」

「就這麼想跟花灑在一起喔～～？山茶花妳喔，好愛撒嬌耶～～！」

「好好好，妳們很煩耶……那還用說？我是他女朋友嘛！」

「「「「呀～～！」」」」

對紅人群的取笑，她也完全不為所動，反而一副儘管放馬過來的樣子。

沒錯，山茶花這個女生的個性就是偏好保護人甚於被保護。

所以當她將心情從「請我保護她不受薄荷危害」換成「保護我免於薄荷的威脅」，結果就是像這樣充滿鬥志地假裝是我的女朋友。

這是非常難能可貴啦，只是……

「嗚嗚～～！山茶花好好喔～～……」

「……好寂寞。」

教室最前排那兩位的沮喪程度可厲害了。

這就是我面臨的重大問題。

坦白說，只要我人在學校，都沒辦法和山茶花以外的人有什麼相處的機會。

我本想老實告訴她情形，婉拒她的好意，但無論說得多委婉，言外之意都會變成「山茶花害我沒辦法和其他人交流，我討厭這樣，別再搞了」，那我就不能這麼做。再怎麼說，這樣對山茶花都太失禮了。

而且，放學後我也繼續在唐菖蒲高中當 Cherry 的男友。

這樣一來，圖書室所有成員中，我有機會好好相處的就只有小椿。

因為只有她，就算我不想見，假日打工時還是會見到。

如果只是這樣倒還好，更棘手的是……

「早、早安！花灑學長、山茶花學姊！那個……今天我也來了！嘻嘻嘻……」

「……早啊……薄荷。」

每到下課時間就會跑來湊在一起的人又多了一個……

「唉……今天花灑學長和山茶花學姊感情也這麼好啊……」

薄井明日荷（男）看到我和山茶花的情形，噘起了嘴。

他似乎還在伺機而動，一到下課時間就一定會客客氣氣地出現。

也就是說，他完全沒有放下對我的心意。

「你也真是學不乖。他都和我交往了，趕快死心啦。」

「有、有什麼關係嘛！就只是陪在旁邊而已啊！」

薄荷（男）鼓起臉頰，露出鬧脾氣的表情。

今日此時，我衷心期盼他能多一點男子氣概和平凡的戀愛感覺。

真的是喔，為什麼連這小子也跑來了呢……

「欸欸，今天午休時間，我也可以去圖書室嗎？」

「噢，沒問題。不好意思啊，每次都要妳來……」

「不用擔心啦！因為我是你女朋友啊！……我是女朋友嘛！呵呵呵呵！」

似乎是很重要所以說了兩次。這多半是在對薄荷強調她的女友身分吧。

「啊，只是啊，到時候葵花她們也可以一起嗎？最近我都沒什麼機會跟她們相處，沒能說上幾句話——」

「咦？花灑學長，你要和其他學姊一起吃午飯？明明都和山茶花學姊交往了耶。」

唔！薄荷這小子，真會給我多嘴……

「是、是啊……她們也是我很重要的朋友……」

「咦咦！重視朋友是很好啦，但這樣不行吧？男朋友滿腦子只想著朋友，我想女生應該會覺得很不舒服吧？」

可不可以請你先告訴我，為什麼我得聽你一個男生講這些話？

「那、那個……我無所謂喔，要跟她們一起也行。怎麼說，沒辦法跟朋友在一起會很寂寞，這種心情我懂……」

如果只看這個狀況，我得到了山茶花的許可，聽起來不會有問題，對吧？

可是很遺憾，這麼想就大錯特錯了。畢竟再來……

「哦～～……原來學長你們的關係就只有這點程度啊？那我果然還有機會——」

「這！不行！你還是只能跟我在一起！知道了吧！」

「……咦？是……是嗎？好啦……」

就會變成這樣。薄荷起疑↓山茶花掩飾，這個負面循環仍然運作如常。

這個狀態到底會持續到什麼時候？

如果就這樣一直下去……那可真的讓人笑不出來……

＊

——午休時間。

「唉……不妙啊……」

門庭若市的圖書室裡，我一邊把讀者還回來的書放回原來的地方一邊嘆氣。

嘆氣的理由不是為了薄荷的事，而是為了圖書室方面的問題。

坦白說，狀況漸漸惡化到真的很危險的地步了。

網球隊、校刊社以及學生會的成員放學後會來幫忙，但恐怕也只能幫到這週結束。因為運動會就快要開始，他們得做準備，會愈來愈忙。

所以得想辦法因應才行……但我還是老樣子，完全想不出對策。

Pansy 說：「我會努力，不要緊。」但那只是在逞強。

真的是喔……該怎麼辦——

「花灑花灑……」

「喔，葵花，怎麼啦？」

我正悶頭苦思，葵花就來到我身邊。

她平常那天真爛漫的笑容已經完全消失，臉上有著落寞的表情。

至於理由……也不用多說了吧……
「我說啊，呃…………快輪到花灑休息了……」
葵花動了動嘴卻又頓了頓，然後這麼說。
從她的態度可以清楚看出她其實有別的話想說。
「是、是嗎？謝謝妳告訴我。」
「不會，沒什麼……」
葵花最大的優點就是活力充沛，現在竟然變成這個樣子……
最近幾乎完全說不到話，聊個幾句應該——
「喂，你喔！趕快準備休息啦！你收拾那些東西要磨蹭到什麼時候！」
糟了，山茶花在叫我。
可是，至少也聊個幾句……呃，不知不覺間葵花已經走掉了……
「好啦，趕快吃！今天我也非常努力地做了便當來！」
葵花前腳剛走，後腳就踏進來的是露出天真笑容的山茶花。她兩隻手上拿著在假裝是我女朋友的名分下為我做的便當。
「……嗯，也對。」
「好啦！我們走吧！快點快點！」
山茶花握緊我的手，把我帶進閱覽區。

該怎麼說，最近我的校園生活清一色染成了山茶花的色彩啊……

＊

——下課時間。

「啊啊……好安穩喔。」

下午的課上完，得以確保獨處的時間，讓我鬆了一口氣。

最近老是跟別人在一起的我，能夠獨處的地方就只有這裡。

至於說這裡是哪裡………就是廁所。

畢竟山茶花總不能跟我一起來到這裡。

我想現在她應該正在教室裡被紅人群拿來說笑吧。

不管怎麼說，要是待太久，難保不會被取什麼難聽的綽號，差不多該出去了吧。

要是這樣走出廁所，卻看到薄荷在外面等我——

「如月學長，這是怎麼回事！唔哼～～！」

嗯，沒有任何人在，我就放心了！好！回教室去吧！

「我明明有傳訊息要學長『一週要來當奴隸讓我利用一次』！可是如月學長都不來見我！我好生氣……呃，學長為什麼不理我！請等一下！」

我可是壓抑住滿心想針對妳的發言大怒的心情才不理妳的。

我們就誰也別說誰吧。

「真是的……就算 Ultra National Cute Official 偶像蒲公英突然出現在眼前，學長這樣也太害羞了喔。」

是UNCO偶像蒲公英嗎？那樣的確是應該在廁所前面待命啊。（註：大便的日文發音為UNKO）

「呃，就說請學長不要不理我了！我不會讓你跑掉的！」

「喔哇！蒲公英，妳做什麼啦！」

這女的為什麼能這麼精準地抱住我的腰！

「如月學長應該要理我！而且要馬上，立刻！」

「誰管妳啊！我也累積了很多壓力！所以，放開我！」

「我、才、不、放！第二學期都開學了，還是一直見不到如月學長，讓我也累積了很多壓力，所以我們是半斤八兩！唔哼～～！」

「啥啊？那妳是因為寂寞才來見我的嗎？」

「那還用說！」

「這、這樣啊……也、也好，既然妳這麼說，要我陪妳一下也——」

「畢竟主人使喚奴隸是應該的嘛！我就是想為如月學長提供這種叫作被我利用的獎賞才

特地來見學長的！唔哼哼哼哼！」

一拳K倒她大概也不會被罵吧？這女的真的是不管處在什麼樣的狀況下，都堅持自己的一套啊。

真是的，要是這種時候被薄荷撞見……

「我說～～花灑學長，你為什麼被山茶花學姊以外的女性抱住呢？」

真的出現啦～～～～！萬萬沒想到連這小子也在廁所外面等我！……

「不、不是，這是因為啊……」

「為什麼你明明和山茶花學姊交往，卻和其他女、生、也……」

嗯？怎麼啦？薄荷的表情突然僵住了耶。

「哎呀？這不是薄荷同學嗎！好巧喔，在這種地方遇到！你在做什麼呢？」

「蒲、蒲公……英……！呃，這是那個……」

噢，對了，他們兩個是同年級啊，而且感覺彼此認識。

「啊～～……啊哈哈哈！什麼事都沒有！嗯！真的什麼事都沒有！別說這些了，上課時間快到了，我們回教室去吧？要是遲到，會被老師罵喔。」

「哎呀～～！我也很想趕快回去，可是狀況你也看到了，如月學長想被我利用，遲遲不放我走～～！」

馬上給我回去。然後，再也不用出現在我面前了。

還有，看狀況也知道，妳把身體往我身上擠。趕快給我放開。

「別說這些了，薄荷同學為什麼會在這種地方？該不會是來見我的？如果是這樣，那真是嚇我一跳！畢竟你——」

「什、什麼事都沒有！只是碰巧！我真的只是碰巧出現在這裡！所以，妳別對花灑學長亂講話啊。絕對，絕對不可以說喔。」

怎麼？薄荷這麼怕蒲公英？

也是啦，這女的出口都不會有什麼好話，這種心情我多少可以體會。

「唔哼哼哼！薄荷同學，你怕成這樣，到底是在怕什麼呢？我可是體貼到讓你不要不要的蒲公英耶，說什麼亂講話，我絕對……絕～～～對！什麼話都不會亂說！」

啊，看樣子她會說。她這是會多嘴到不行的時候會有的反應。

「嗯！那我就放心了！啊哈哈哈！」

薄荷，這種時候你相信她喔？我覺得你還是當場立刻把她架走比較好喔。

「那我先回去了！掰、掰掰～～！」

「好的～～！」

不管看在誰眼裡，都能看出他顯然是在逃走，但蒲公英似乎並未發現。

她的腦袋還是一樣充滿了粉紅泡泡。

「真是的～～！薄荷同學他喔！學長你不覺得他就算在這種地方遇到我，也不必高興成那樣嗎？」

不覺得，一點也不覺得。

「蒲公英，妳對薄荷做了什麼？我怎麼看都覺得他是逃走了吧？」

「學長好失禮！我什麼都沒做啊！我和薄荷同學同年級，感情一直都很好！哪怕是不當棉毛粉的男生，也要和對方要好！身為偶像明星，這是當然的！」

聽來妳似乎知道薄荷不是棉毛粉，但勸妳最好確定一下你們感情是不是真的很好。我倒是覺得也很有可能只是一廂情願啊。

「唔哼哼！蒲公英在一年級生裡頭可是人氣超旺！像今天午休時間，也有同年級的別班女生拜託我：『蒲公英，我求求妳！請妳踩著妳可愛的步伐去幫我買炒麵麵包來～～！』我當然就好心買給她吃了！」

原來如此。所以連別班女生都拿蒲公英當跑腿小妹了。

「可是，薄荷同學那麼害羞，就讓我嚇了一跳。虧我還想說他有喜歡的對象，所以不會對我心動呢。」

薄荷同學～～這個白痴馬上就開始多嘴了喔～～

「原來妳知道啊……」

「那當然～～！我是直接聽薄荷同學說的！因為我的口風是出了名地緊嘛！大家當然都願意把祕密告訴我！唔哼！」

妳到底是在跩什麼……

「哎呀？哎呀哎呀哎呀～～？如月學長，看你的表情，該不會……你想知道？真拿你沒辦法耶～～！那我就破例，只告訴學長薄荷同學喜歡的對象是誰吧！不可以跟別人說喔，跟任何人都不可以說喔。唔哼哼哼！」

啊，這女的口風很鬆，正好就像棉花一樣蓬鬆。

萬萬不能把任何祕密告訴蒲公英……

「我說啊，妳不回去上課沒關係嗎？我覺得上課遲到可不太妙耶。」

「不用擔心啦～～！老師們這麼喜歡我，就算我遲到，想也知道他們會很溫柔地原諒我！唔哼哼哼！」

……順便說一下，之後蒲公英果然遲到，被老師狠狠訓了一頓。

然後她就發了訊息給我。

『咿！咿！為什麼我會被罵？我就只是認真地想利用如月學長，太過分了～～～～！』

妳是自作自受。

＊

——放學後。

我在唐菖蒲高中的廁所裡，戴上帽子、墨鏡與口罩等變裝套件後，再行外出。

結果就在校門前，滿臉笑容的 Cherry 在等我。

「呀喝～～！那我們今天也一起加油吧！」

她說話的同時用力抱住我的手臂，然後……

「來，老樣子的！」

「唔喝～～！阿桃摸起來的感覺真讓人受不了啊～～！」

「嗯！今天你也是個完美的大變態！」

雖然知道不能大意，但只有這件事實在讓我很受不了……

「我說啊，阿桃，採買是到今天結束吧？」

「是啊～～！然後明天再把學術性社團的器材分發完，就全都完成了！」

既然這樣，包括今天在內，還有兩天……這大變態生活再過兩天就會結束了。

時間啊……請你走快點……

接下來，我們從唐菖蒲高中出發，買了各種學術性社團要用的器材。這樣一來，採買就全部完成了。

「好～～！等明天把這些發出去就完成了！雖然要是有什麼忘了買的東西就得再去買就是了……到時候還請多關照啦！」

請妳絕對不要有漏買的東西，我不想再當大變態了……

「可是，要結束還真有點落寞耶～因為這樣還挺開心的啊！」

「我可是撐得很辛苦……」

說來對 Cherry 不好意思，但我個人是希望盡快解決。

我倒不會不喜歡跟 Cherry 在一起，但我也有我的苦衷。

「啊……你該不會是擔心圖書室？」

糟了，我不小心說溜嘴了……

「這說有是有，說沒有也是沒有……」

「對、對不起喔！我太沒神經了……」

自從開始當這假男友，我對放學後的圖書室業務就完全放棄，什麼都沒辦法做。

相對地，也給其他成員帶來了負擔，所以罪惡感相當強烈。

午休時間，她說：「……不要緊。」但我跟她認識這麼久，看得出來。

她是在說謊。其實哪裡不要緊？她一定很寂寞吧。

「不，請不要放在心上。這本來就是我自己決定要做的事情。」

可是，既然決定要做，就非做到底不可……呃，咦？

「不好意思，桃學姊，我想起有東西要買，可以請妳先回去嗎？」

「咦？既然這樣，我也……」

「不，我一個人就行了。畢竟是要買我個人的東西。」
「個人的東西？哼嘻嘻！你真是個悶聲色狼～～！嗯，我明白了！我就特別放過你吧！總覺得你這大變態當得愈來愈有模有樣了！」
嗯，雖然瘋狂製造各種無謂的誤會，但這也沒辦法。
眼前最優先事項就是把 Cherry 支開。
「那我先回去了～～！今天也很謝謝你！你幫了我很大的忙！」
「哪裡，請不要放在心上。」
好。Cherry 的身影…………再也看不見了。
所以，我就轉向與剛才來時不同的方向，結果對方大概也看出了我的意思。
這個人以格外鎮定的腳步走過來。出現的當然是……
「你不是說不會再糾纏桃學姊了嗎？……炭印嵐同學。」
「…………」
他已經走近，卻仍不說話。而且眼神十分犀利，讓我滿腦子只有不好的預感……
「你說了謊。」
「……你是指什麼呢？」
「櫻原桃和你沒在交往吧？」
不好的預感真的很準啊。

「……哪有這種事……」

「我已經都知道了。你沒和櫻原桃交往，只是被她拜託假裝是她男朋友，不是嗎？」

「這……」

「竟敢……竟敢騙我啊！……虧我還相信你！虧我還以為你這傢伙雖然胡鬧，本性卻很正直……」

這就有點太高估我了。我的本性還挺乖僻的……

好了，該怎麼辦？這狀況還在我的意料之中，但不巧的是對應方法我就完全想不到了。

「所以，我再說一次……和櫻原桃分手。不，是再也不准接近櫻原桃。」

照這樣子看來，要再說服他一次……大概是辦不到。

既然這樣，我也硬起來吧。

「我不要。而且即使你說的是事實，桃學姊之所以拜託我假裝是她男友，你應該明白原因吧？既然知道，你該怎麼做還用我多說嗎？」

既然遮掩不住，我就用即使被拆穿是假男友也照樣管用的論調硬逼這小子停手。

不用擔心，這小子不是不明理的人。所以，這樣一來……

「……你最在乎的人有什麼下場，你都無所謂嗎？」

「咦？我在乎的人？」

「三色院董子。」

「這！」

為什麼這小子會知道這個名字！

「以前我說要殺你，對你完全不起作用，但現在這招就很有用啊。」

炭印嵐嘴角一揚露出扭曲的笑容。他的態度像是在說一切都在他掌握之中。

「我觀察你一週，發現了一件事。你屬於那種把別人看得比自己重的人，所以對你自己說什麼都不管用……可是，牽扯到三色院董子又是如何呢？」

炭印嵐從口袋裡亮出小刀給我看。

如果這把刀不是朝著我……不妙。這絕對不妙啊！

「今天我就放你一馬……可是，明天就不行了。如果明天，你……如月雨露，敢來到唐菖蒲高中，接近櫻原桃，三色院董子會有什麼下場……你最好先想清楚。」

「慢、慢著！她跟這件事無關——」

「你本來也和櫻原桃無關。」

「唔！」

「……那我走啦。」

炭印嵐撂下這句話就離開了。

事態太出乎意料，讓我只能茫然目送他離開……

＊

「事情不妙了啊……」

我回到唐菖蒲高中，卸下變裝套件，在廁所裡自言自語。

發生了遠比我意料中更加惡劣的問題。

不只是我和 Cherry 的關係是假的這件事被嵐拆穿，他甚至還盯上了 Pansy……

怎麼辦？要聽他的話，明天起就不再來唐菖蒲高中？

這樣一來，Pansy 的生命安全就能得到保障。但若我選擇這麼做，Cherry 會怎樣呢？

嵐並未放下對 Cherry 的心意。

不但並未放下，而且得知 Cherry 和我的關係是假的，讓他打算採取比現在更加激進的行動。

Pansy 和 Cherry……如果事態演變成我非得選擇其中之一不可，心情上我想選 Pansy。然而，這不構成我可以放棄 Cherry 的理由。

我立刻發了訊息跟 Pansy 說：『希望妳盡可能避免單獨行動。』也把情形告訴了其他人。

然而，事態不容輕忽，這點是顯而易見。

為什麼事情會搞成這樣呢……

「啊！花灑仔！你回來了吧！」
「嗨、嗨……花灑同學，採買辛苦了。」
『歡迎回來，如月同學。』
一回到唐菖蒲的學生會室，Cherry、Cosmos 和莉莉絲就歡迎我回來。
其中 Cosmos 會說得比較吞吞吐吐，多半是因為知道情形。
我尚未告訴另外兩個人。應該說，我不打算告訴她們。
最近這陣子的來往，讓我明白 Cherry 雖然會做些亂七八糟的事情，但仍相對有常識，本性很善良。所以，要是知道 Pansy 的事，難保她不會犧牲自己。
所以，有疑慮的消息不應該貿然告訴她。莉莉絲更不用說了。
「來，坐下！就快結束了，我要你好好感受學生會生活到最後！」
就快結束……這句話化為強烈的誘惑湧向我。
誘惑我別把嵐再度出現的消息告訴 Cherry，就這麼抽手不管。
『真有點寂寞耶。』
「啊！莉莉絲仔也這麼覺得？我也是耶！尤其是 Cosmos 仔！妳幫了我們好大的忙，我簡直希望妳就這麼當我們的學生會長呢！」
「不、不了，我有西木蔦的學生會要顧……」
「哎呀？Cosmos 仔，妳是不是沒什麼精神？」

「怎、怎麼會呢！哈哈哈哈……」

Cosmos 想強顏歡笑帶過，但看在我眼裡實在太明顯了。

話雖如此，我也差不多吧。

『如月同學也怪怪的。發生什麼事了嗎？』

「沒什麼。只是去採買有點累了。」

『該不會是擔心 Cherry 學姊明天以後的安危？』

唔！這說來也沒錯，但總覺得意思不太對……

『放心吧。如果 Cherry 學姊出了什麼事，就由我來保護她。』

「由莉莉絲嗎？」

『嗯。畢竟我是 Cherry 學姊的第一嘛。要保護她，陪在她身邊，都是我的職責。』

既然她都願意說到這個地步……也許真的可以交給她……

『真的很謝謝你們幫到今天。可是，明天起就輪到我了。』

而且我自己還剩下薄荷這個太大的問題。

就別再介入 Cherry 的問題，致力解決這個問題吧。

「謝謝妳，莉莉絲。那從明天起就拜託妳了。」

『包在我身上。』

雖然口氣是假的，但我告訴莉莉絲的卻是真心話。

＊

翌日早晨……我始終得不出答案，就這麼鬱悶地過了一晚。

然而，我又不能什麼都不做，所以做好準備走出家門，結果……

「早、早安！那麼，我們今天也一起上學吧！」

山茶花雖然害羞，仍盡力露出笑容，站在家門前等我。

山茶花是搭電車通學，對她而言先來我家完全是繞路，但她依舊特地趕來，全是因為要保護我不受到薄荷糾纏。儘管本來根本沒必要這麼做……

她的善良，我由衷想感謝……想是很想，但我之所以會忍不住看向不遠處的葵花家，多半是因為少了她，我就是會覺得寂寞吧。

「那、那個……不要緊嗎？你說的 Cherry 學姊那邊……」

山茶花擔心地看著我。因為她也知道嵐這件事。

大概是擔心被危險的對象盯上的 Pansy 吧。我當然也一樣。

「嗯。今天早上，有葵花、翌檜還有小桑會在 Pansy 家門前先跟她碰頭，再一起去上學，所以目前還好……就是了。」

「這樣嗎？那暫時是可以放心了！」

其實我也想去，但為了避免薄荷產生無謂的誤會，所以無法行動。

我本來打算乾脆做好全都被薄荷拆穿的覺悟來行動，但這樣會糟蹋山茶花的好意……讓我完全陷入動彈不得的狀態。

「……嘿！」

「唔哇！山茶花妳做什麼啦！」

山茶花突然豎起兩根手指，把我的臉頰往上推。

「你啊，太常露出苦瓜臉了！如果不知道該怎麼辦，就先笑一笑再說！來，笑一笑！」

「好啦！我知道了啦，別再推了！」

「你是真的知道吧？那就趕快給我笑！」

「……笑～～」

「啊哈！你臉好怪！可是……比剛剛來得不壞！」

山茶花擺動裙襬，露出天真的笑容。

必須在放學前好好想出該怎麼辦才行啊……

*

——午休時間。

門庭若市的圖書室裡，輪到我休息的時間。照平常的情形，我會和山茶花一起吃午餐，但今天不一樣。我打算和最近幾乎都沒能相處的……

「葵花、翌檜、Pansy……那個，我們一起休息吧。」

這幾個傢伙一起吃飯。

「真的？花灑，一起休息？太棒啦～～～！」

「真是的！我可是一直在忍耐啊！好久沒有一起吃飯啦，花灑！」

「哎呀，還真是稀奇。要不要緊呢？」

聽三個人說出三種不同的回應，看到她們三人的笑容，就讓我硬是鬆了一口氣。然而，只有 Pansy 不是看著我，而是朝來到圖書室的山茶花看了一眼，問她的意思。

「嗯、嗯！妳們也知道，他老是只跟我在一起，我也有點那個……」

「我非常開心。那今天我就努力準備紅茶和點心吧。」

「好棒！Pansy 的點心，我好期待！」

「啊！葵花，我也想吃，妳可別全吃光了！」

啊啊……總覺得變成這樣的氣氛就好放鬆。

雖然有很多事情很辛苦，但只有現在──

「花、花灑學長！今天我也來玩了……因為我想見你……」

我的安息時刻好遙遠啊……薄荷啊，你為什麼會在這個時間點跑來？

啊～～這下肯定……

「好、好～～！那你就跟我兩個人一起吃飯吧！來，我們走！」

會變成這樣啊～～……

「呼咦？呃，可是……」

「山、山茶花！我那麼期待……」

「…………是嗎？」

「唔！那個……對不起……」

看到葵花她們的反應，山茶花露出難過的表情。

但葵花她們似乎更難過，只見她們握緊了拳頭發抖。

為什麼一切就是不順利啊……

「什麼嘛！嚇我一跳！如果花灑學長和山茶花學姊以外的女生一起吃飯，我就會覺得你們兩位其實沒有在交往！」

你到底是有沒有這麼會把事情往對你有利的方向解釋……雖然你說的是事實啦……

唉～～……虧我想說好想沒和 Pansy 她們一起過午休時間了。

「啊哈哈哈哈！怎麼可能呢！對、對吧？你等一下要跟我——」

「才不是！花灑答應要跟我吃飯！」

這一瞬間，葵花的叫聲打斷了山茶花說話，迴盪在圖書室內。

她喊得實在太大聲，讓圖書室內一瞬間鴉雀無聲。

「就是啊！咱們剛剛就在說今天要和花灑一起吃飯！沒有答應要和山茶花一起吃！」

接著喊出來的是翌檜。不妙……這個事態發展絕對不妙！

「對、對不起……」

不對，山茶花沒有錯……妳只是好意想保護我不受薄荷糾纏。

相信葵花和翌檜也都很清楚這點。

「我想跟花灑在一起！不跟花灑在一起我就不要！」

「就算是為了花灑，也做得太過火哩！說起來，這真的是為了花灑嗎？我看是為了自己哩！」

只是，她們的忍耐還是超過了極限……

「葵、葵花同學、翌檜同學！妳們兩個都先冷靜下來！那個，妳們的心情我很了解，可是狀況就是不容許我們這樣吧？」

以敏捷的動作攔在山茶花與葵花她們之間的，是 Cosmos。

太好了……即使她們兩個都氣昏頭，只要是 Cosmos 說的話……

「Cosmos 學姊，妳囉唆！」

「……咦？」

嗚呃！葵花粗魯地揮開Cosmos放到她肩膀上的手！

為什麼她連對Cosmos都是這種態度……

「Cosmos學姊才不會懂我的心情！因為……因為Cosmos學姊都有跟花灑在一起！你們放學後一直都在一起！」

糟糕……原來是這麼回事……

「就是啊！Cosmos會長放學後都跟花灑一起去唐菖蒲高中哩！都在一起！不要隨便講出什麼懂得咱的心情這種話！」

「也許是這樣沒錯……可、可是啊！我也！……不，沒什麼……對不起，我說話太輕率了……」

「與其道歉，不如跟咱換！把放學後去唐菖蒲高中的工作跟咱換！」

「唔！這……不要。那是我想做的事……不，是我該做的事！」

即使表達謝罪的意思，Cosmos應該也不打算在這一點讓步。

她以懷有堅定決心的眼神看著翌檜，用力抱緊愛用的筆記本。

「哪有！我們也一樣辦得到！不一定得是Cosmos學姊！」

「不對！這件事非我不可！不是我去就絕對辦不到！」

「唔唔～～！Cosmos學姊……！」

「對不起，不管發生什麼事，我都不打算讓出放學後的這件工作！絕對……絕對不讓！要去唐菖蒲高中的是我！除了我以外都不可能！」

……為什麼？為什麼事情會變成這樣？明明沒有任何人不好……

可是，為什麼葵花和翌檜要跟 Cosmos 吵起來？

「那個，花灑學長，這是怎麼回事呢？為什麼有這麼多女生想跟花灑學長……」

「薄荷，不好意思……可以請你離開一下嗎？」

「咿！……我、我明白了。那個……對不起！我失陪了！」

薄荷似乎被我的魄力震懾住，急急忙忙離開了圖書室。

可是，這不會帶來事態的解決。

葵花她們仍在對峙。

該死！我哪能一直袖手旁觀，還是由我來……

「花灑，你別去。」

「小、小桑……」

我正要走向她們三人的瞬間，按住我肩膀阻止我的就是小桑。

他不是用一貫的熱血笑容，而是以冷靜而認真的眼神看著我。

「可、可是啊！她們哪有半點理由這樣吵……」

「有，只是遲早的差別。只要想想她們的心意，就知道這一天絕對會來。」

「唔唔！」

沒錯……小桑說得沒錯。

她們平常是很要好的朋友。可是，又都有著另一種心意。

只要有這另一種心意，起衝突的一天自然絕對會來臨……

「而且，你阻止不了。你也知道她們是為了誰在吵吧？」

我知道……原因是誰，這種問題想都不用想……

「可是啊，再這樣下去……」

「不用擔心。雖然你阻止不了，但不是有個這種時候很靠得住的傢伙在嗎？」

「靠得住的傢伙？」

「其實由我去也行啦，但這種時候還是同樣身為女生的人去比較適合啊！所以啦，這次你就乖乖在這邊待命吧！」

小桑迅速切換成一貫的熱血笑容，拍了拍我的背。

哪有什麼人可以解決這種狀況……

「好了，妳們三位，該停了呢。」

這個時候，攔在她們三人之間的，是我打工處的店長兼同班同學小椿。

小桑指的大概就是小椿吧。

可是，對現在的葵花她們而言，小椿是……

「還是先冷靜下來比較好呢。在這種狀況下吃午飯，飯菜都會變得不好吃。妳們不希望這樣吧？」

「是不希望……可是，我更不想放棄！我再也不想忍耐了！而且，小椿也和 Cosmos 學姊一樣！根本不懂我的心情！」

沒錯。說來說去，我和小椿的交流都絕對不會斷絕。像現在也是，她在學校幾乎完全不參與薄荷這件事，但假日就有機會在打工處跟我在一起。

「嗯，我是不懂葵花的心情呢。可是，葵花就懂我的心情嗎？懂我看著一群很重要的朋友在吵架，覺得非常不舒服的這種心情？」

「啊！」

「我想，大家都很難為呢，所以不可以覺得只有自己難為，那樣就會變成只是在強迫推銷了。」

「……對、對不起。」

「對不起……」

「……抱歉，小椿同學。」

「嗯，沒事呢。」

三人低頭道歉，小椿對她們露出溫和的笑容。

好厲害啊……竟然這麼乾脆就阻止了她們的爭吵……

「Pansy、小桑，圖書室可以交給你們應付一下嗎？」

「好的，沒問題。」

「好！包在我身上！大家不好意思啊！為這些私事吵到你們了！」

小桑刻意用開朗的聲調朝來到圖書室的學生們大聲說話。

來到圖書室的學生似乎被這情形震懾住，連連點頭。

「那妳們三位就和我一起離開圖書室吧。我們有話好好說呢。」

「小椿同學……不好意思，我就不參加了。我想一個人靜一靜。」

「……知道了呢。」

小椿大概是希望讓包括她自己在內的四個人好好談談，但Cosmos拒絕，獨自離開了圖書室。

「那我們也先出去吧。」

聽小椿這麼說，兩人靜靜點頭。她們三個就這麼走向圖書室的門口。

只是，小椿離開前看了我一眼。

「花灑，山茶花就拜託你嘍。」

「咦？山茶花……啊！」

「嗚嗚……對不起……對不起…………嗚嗚。」

聽小椿提起，我看向山茶花，當場嚇了一跳。

我只顧著注意她們三個的爭吵，沒發現山茶花已經全身發著抖在哭。

她的模樣十分無力，絲毫感受不到平常那種強勢的態度……

「喂、喂！山茶花！妳還好嗎？來，先休息一下吧！」

我牽著山茶花的手帶她到閱覽區坐下。

但她顯然不是處在只要這樣就能立刻恢復正常的狀態。

「嗚！嗚！都是我不好……對不起，對不起喔……」

山茶花眼淚流個不停，說出謝罪的話。沒錯……山茶花是個責任感很強的女生，一旦事情鬧成這樣，想也知道她會覺得自己有責任……

「不對！這不是妳的錯啦！她們也不是一直都那麼要好！有時候也會像那樣吵起來！所以，不是妳的錯啦！」

「可是……可是～～！」

山茶花露出和平常完全不一樣的很女生的一面，號啕大哭。

這讓我忍不住想緊緊抱……不行。我……不能做到這個地步……

「都怪我多管閒事……都怪我強出頭，事情才會鬧成這樣……憑我，終究不行……」

「才不會！妳幫了我很大的忙！山茶花每次都幫我很大的忙！」

「……謝謝你。可是……對不起……對不起喔。」
山茶花用力握住我的手，她的手傳來顫抖。
一滴滴落在我手背上的，是山茶花的眼淚。
「沒事的。山茶花沒有錯。」
唉……為什麼事情會弄成這樣呢？
起初明明只是要假裝成男女朋友，擊退跟蹤狂，情形卻變得這麼複雜……

*

——放學後。
提出一個答案的時候終於來了……
我回顧種種，想整理清楚自己面臨的所有問題。
首先是嵐。如果我今天去唐菖蒲高中，嵐就會加害於 Pansy。
可是如果我不去，Cherry 肯定又會受到嵐的危害。
接著是薄荷。一個發下豪語說喜歡我的男生，實在太棘手了。
而山茶花為了保護我不受薄荷糾纏，好意假裝是我的女朋友。
然而就因為這樣，讓我幾乎完全沒辦法和之前要好的伙伴們相處。

再來，是葵花、翌檜跟 Cosmos 爭吵這件事。雖然是從薄荷這件事衍生出來的，但如今已經演變成另一個問題。因為即使解決了薄荷的事，她們的交情也不會就這麼恢復。

所以，這也得當成另一個問題來處理才行。

……以上就是我所面臨的種種必須解決的難題。

要優先解決哪一件？一旦判斷錯誤，多半會演變成無可挽回的事態。

我的選擇不只會對自己，還會對別人也造成很大的影響，實在是一種沉重的負擔。

「嗨，花灑。」

「……小桑。」

輕輕拍了我肩膀叫我的人是小桑。

接著他朝我露出燦爛的熱血笑容。

「需要我幫忙嗎？」

他以冷靜的聲調這麼說。

也是啊……只要有小桑在，真的是再可靠不過了。

可是……

「不了，沒關係。」

這是我該解決的問題。所以，我不借用小桑的力量。

「是嗎！那就加油吧！……只是，如果到時候你真的束手無策，我可要擅自出手了！畢竟我們是好朋友嘛！」

「那還用說？我可不會讓你擅自不當這好朋友。」

「哈哈！這可真狠！那我要去社團了，彼此加油吧！」

「……好。」

目送輕輕揮手的小桑離開後，我用力握緊拳頭。

……我決定了……我下定決心了。要優先解決的，只能是「那件事」。

我一直在煩惱……即使到現在，我還是不懂怎樣才對，怎樣不對。

所以，要聽自己的感情。

要做的不是自己覺得「正確」的事，而是自己「想做」的事。

為此，我……拿著書包裡的帽子、墨鏡和口罩這些變裝套件站起來，獨自走出教室……

第六章

大爺我與和善我一直都知道

我在西木蔦高中戴上口罩、帽子和墨鏡這些變裝套件，然後抵達了唐菖蒲高中。

由於比預定時間晚到，我微微加快腳步前往學生會室。

我最該優先解決的，是炭印嵐的問題。不會有別件事。

理由簡單而理所當然。因為能保護 Cherry 的，就只有我一個。

坦白說，擔心另一邊出事而坐立不安的心情也是有的。

可是，之前發生過那樣的事情，我還是不在比較好吧……

正因為這樣，另一邊就交給另一邊處理，我就全力保護 Cherry。

我下了這樣的決心，展開行動。

「失禮了。」

「啊！總算來啦！真是的！人家都等到不耐煩了啦！」

「妳好，Cherry 會長。」

一走進學生會，Cherry 立刻走到我身邊歡迎我。

朝我露出滿臉開朗活潑、一點都不像是比我年長的學姊會有的稚氣笑容。

她的笑容很棒，讓我想保護這種笑容。

「…………」

相較之下，Cosmos 則顯得十分沮喪，少了點霸氣。
當然她也不會主動招呼我，甚至看也不看我一眼。
也是啦……想也知道會這樣。這樣是對的。
『……你好，如月同學。怎麼啦？看你穿成這樣。』
最後由莉莉絲在智慧型手機輸入文字，把螢幕轉過來給我看。
對喔。說到這個，這還是我第一次戴著這變裝套件和莉莉絲見面啊。
嗯～……要脫掉也行，不過現在還是先戴著吧。
「算是小小時尚一下吧。如何？很帥氣吧？」
『非常像個大變態。』
唔嗚！被她單純的一拳重重打在身上了啦！
呃，我也知道自己這模樣被人這麼說的確不奇怪啦！
「那個……Cherry 會長，其他幾位不在嗎？」
「這個嘛！多虧 Cosmos 仔，幾乎所有器材都分發完畢了，所以今天我就讓其他人休息！只是說休息，倒不是我的主意，是 Cosmos 仔提議的～～！」
「先前我們幾乎都是在學生會室待命，但其他人一直都出去採買，或是跑去各社團與委員會收器材，非常忙碌。算是慰勞他們的辛苦。」
Cosmos 始終看著 Cherry 說話，對我絕不看上一眼。

總覺得被閃躲得這麼露骨，還真有點受傷啊……雖然也沒辦法啦……

「喂，Cosmos 仔～～！我也很努力採買耶～～」

「Cherry 同學是學生會長吧？負責人還是好好留著比較好。」

「嗚嗚～～這樣很麻煩耶……」

Cherry 與 Cosmos 聊得和樂融融。

就我推想，唐菖蒲高中裡和 Cosmos 最合得來的，多半就是 Cherry 了。

畢竟她們都是學生會長，同年級，又有很多共通點。

「而且，Cherry 同學接下來還有一件工作要做。」

「咦？有事要我做？」

「昨天的採買，妳漏買了一些東西喔。」

「咦咦咦咦咦咦！我該買的全都買了吧！妳看，清單上的都買了……」

聽 Cosmos 指出這點，Cherry 急忙拿出一張紙。

Cosmos 帶著冷靜的笑容接下。

「嗯，都買了……正面寫的都買了。」

「……咦，正面？哇！背面也寫了！哎呀～～……」

Cherry 一臉苦澀，不過是自作自受。Cherry 這個人就是有很多小地方會疏忽啊～～

「就是這麼回事。所以，Cherry 同學現在就跟我一起去採買吧。」

「咦？可是，如果要採買，好像不應該找 Cosmos 仔……」

「請務必找 Cosmos！雖然妳朝我瞥一眼的模樣是很可愛啦！但跟妳出去鐵定得演個大變態，饒了我吧！」

「聽說 Cherry 同學昨天採買的時候玩得沖昏了頭。這……不就是因為跟他兩個人一起去採買嗎？」

啊，好可怕。Cosmos 的視線變得挺犀利的。

「嗚！……好啦。那我就跟 Cosmos 仔去啦……」

「嗯，我就知道妳會這麼說。」

「唉……那麼，兩位……我們去去就回來……」

Cherry 完全被駁倒，在 Cosmos 的帶領下垂頭喪氣地離開學生會室。該怎麼說……已經讓人搞不清楚誰才是學生會長了。

『那我也出去一趟。』

雖然她們兩個都是學生會長就是了。

Cherry 與 Cosmos 出發採買後過了五分鐘左右，莉莉絲把智慧型手機畫面拿給我看，然後站起來。

「莉莉絲，妳要去哪裡？」

『分發器材。因為有些地方還沒發完。』

她的文章簡短而不帶感情。只見她以一副自己的行動早已定案的態度走向學生會室的門口。只是，一個人待在這裡就有些閒得發慌。

所以接下來我要做的行動也已經定案。

「等一下啦，莉莉絲。不對……」

我除了對正要走出學生會室的莉莉絲……

「炭印嵐同學。」

說出這麼一句話，別無其他選擇。

「妳不會去分發器材吧？我看妳出了學生會室以後，不是去跟蹤 Cherry 學姊，就是前往西木蔦高中吧？」

炭印嵐的真面目，就是在學生會擔任書記的莉莉絲……也就是蘭頂朱。

她平常留長瀏海遮住臉，又完全不出聲，只要換成全往後梳的髮型，刻意壓低聲音，穿上男性便服，就可以假裝是男性來糾纏 Cherry。

……話說回來，莉莉絲就是炭印嵐這件事並不怎麼重要。

重要的是接下來的部分。需要知道的……是莉莉絲不為人知的心意。

而我就是知道了這點，才像這樣展開行動。

也就是因為這樣，我才請 Cosmos 把 Cherry 支開。

其實我本來打算用別的理由把 Cherry 從學生會室支開，但 Cherry 自己捅出了漏子，所以得去收拾……這大概可以算是幸運吧？

那麼，說到炭印嵐真正的目的。

「炭印嵐從一開始就是以被 Cherry 會長拒絕交往為前提來行動……不，和她交往這件事原本就不是目的。他負責的工作，是從精神面把 Cherry 會長逼得無路可退，從一開始就是個犧牲打。然後，重點是真正的妳……蘭頂朱。妳是打算透過拯救被逼急的 Cherry 會長，得到能比誰都更接近她的權利吧？」

起初我還以為她逼得 Cherry 無路可退，是要逼 Cherry 辭去學生會長的職務。

然而若是如此，手法就不太對勁。太拐彎抹角了。

處在莉莉絲的立場，如果只是要趕走 Cherry，應該有更多方法可以用。

這麼說來，也就表示她另有目的……結果有人就看穿了這個目的。

畢竟那傢伙之前也經歷過類似的事件啊。

那傢伙和一個故意把喜歡的人逼得無路可退，藉此讓自己留在他身邊的人起過爭執。

『你沒頭沒腦說什麼啊？』

嘖！反正都已經拆穿了，如果她肯老實招認，本來是可以輕鬆談完的。

「別急，坐下吧。難得有這機會，我一直都想跟妳好好談談。」

『……我不要。我要去分發器材。』

「那我也去幫忙。我一起去，當然也沒問題吧？」

「…………」

我這麼一說，莉莉絲就靜靜地在沙發上坐下。

大概是因為她判斷一旦我跟去，就沒辦法做她真正想做的事。

既然這樣，我就解釋給她聽吧。解釋我之所以發現莉莉絲就是炭印嵐的理由。

「我最先起疑是在我和 Cherry 會長去採買那天，炭印嵐出現的時候。那一天，炭印嵐對我說『你是外校的人』……不可以講出這種話啊，這不就等於承認自己是本校的人嗎？」

過去炭印嵐總是穿著便服出現，看不出他是哪個學校的學生，除了姓名以外，一切個人資訊都沒人知道。然而，如果炭印嵐根本就是個並非實際存在的人物，又是如何呢？

『納又末避是我。』

莉莉絲妳也太動搖了，都忘了選字啦。

「妳說得對。只憑這一點，看不出炭印嵐就是妳……可是啊，妳另外還犯下了兩個重大的失誤。」

『重大的師物？』

「首先，就是說出三色院董子這個名字。對我來說，她是我最在乎的人，所以妳提起這個名字的時候，坦白說我可慌了，覺得我說什麼都必須保護她的安全……可是，這說不通吧？

為什麼炭印嵐會知道這件事？」

「…………」

「也就是說，在這個時間點，炭印嵐的身分就可以限縮到『知道我非常在乎三色院董子的唐菖蒲高中學生』……然後，最後的關鍵就是妳昨天的發言。」

『我什麼都沒說。』

「昨天的學生會結束後，妳就說過這句話吧？『真的很謝謝你們幫到今天。可是，明天起就輪到我了。』」

『我士說過，這右怎麼了？』

「嗯，謝謝妳承認。也就是說，妳還沒發現啊。」

「我就是問你！這又……！」

哎呀，莉莉絲的不耐煩終於超過極限啦？

她不是用智慧型手機，而是用自己的嗓子喊出聲音。只是喊到一半就住口了。

「很簡單。妳自己想想，西木蔦高中的學生來幫忙唐菖蒲高中的學生會，是講好幫到什麼時候？」

「這……啊！」

總算發現啦……

沒錯。幫忙唐菖蒲高中的期限「不是到昨天，是到今天」。

但莉莉絲的態度卻像是在說幫忙學生會的工作只到昨天就結束，之後包在她身上。

如果不是知道西木蔦的學生會屈服於脅迫而不再過來，就不會有這樣的發言。這糖果與鞭子的組合實在漂亮，由炭印嵐施加威脅，莉莉絲則給予安心感。

相信她就是在這邊準備了某種退路給 Cherry。

「已經，可以了吧？……炭印嵐同學。」

「…………」

一陣不承認也不否認的沉默。然而，相信正是因為莉莉絲就是炭印嵐，才會有這樣的行動。

然後，過了一段時間。

「……為什麼，不是我？」

籠罩著沉默的學生會室內，莉莉絲擠出小小的聲音開口。

她扮演炭印嵐時的嗓音我聽過好幾次，但這還是第一次好好聽她用自己的聲音說話。

「我一直為了 Cherry 學姊努力，因為我最喜歡她了。可是 Cherry 學姊總是選別人，不是選我。最喜歡她的人明明是我。」

她全身發抖靜靜說出的話語，將我心中的疑問轉變為確信。

啊啊……果然是這樣啊。莉莉絲她……

「妳喜歡 Cherry 學姊吧？……不是當成朋友，是當成一個女性來喜歡。」

喜歡上 Cherry 學姊。

「…………對啦。我明明是女的，卻喜歡女生，很奇怪吧？」

「也沒什麼關係吧？怎、怎麼說，我也聽過類似的情形……」

雖然那邊是男生之間就是了……儘管分類上相反，但說有相像之處倒也沒錯。

「終於……我終於有機會了。一個我不管怎麼努力都贏不了的對手，和 Cherry 學姊之間有了距離，所以，我就想趁虛而入……」

莉莉絲所說的「不管怎麼努力都贏不了的對手」是誰，我立刻就猜到了。錯不了……是那傢伙。

「當然，我沒打算讓戀情開花結果……不，我甚至不打算告訴她。因為，是我奇怪，而 Cherry 學姊不是這樣，這些我早就知道了。所以……這樣就好，我就只是想待在她身邊。可是……你卻來礙事！」

大概是說著說著情緒漸漸亢奮起來，莉莉絲將怒氣直接朝我發洩出來。

她攏起瀏海，把頭髮都收到腦後，化為炭印嵐說出這句話。

然後從制服口袋拿出一把小刀，朝向我。

「我不饒你！絕對不饒你！」

「妳會恨我，這種心情我很能體會……可是啊，妳從方法就錯了。因為 Cherry 會長不依靠妳，妳就自己製造出逼她非依靠妳不可的狀況，這樣根本就沒考慮到她的心情吧……差勁透了。坦白說，我沒辦法把 Cherry 會長交給這樣的人。」
「囉唆！你還不是一樣，你本來根本就和 Cherry 學姊沒有關連！可是，你卻突然強出頭，妨礙我們的關係！我不饒你……絕對不饒你！不放過你，也不放過三色院董子！」
她說出這個名字的瞬間，我心中燃起了黑色的火焰……這種情緒，無疑是憤怒。
恨我無所謂，要恨儘管恨個夠……可是，恨她就另當別論。
誰想對三色院董子下手……無論如何我都要排除。
「我說過，如果今天如月雨露來到唐菖蒲高中，我就要殺了三色院董子！你違背了這個約定！所以，三色院董子不會有什麼好下場！」
「這個約定……我沒有違背。」
為了按捺住自己心中沸騰的黑色情緒，我用力握緊拳頭。
還沒……還太早。冷靜……我要冷靜……
「別騙人了！你現在不就來到唐菖蒲高中！」
不行……是吧……如果可以，我是想隱瞞到最後，但實在是天不從人願。
那我就告訴妳吧……告訴妳真相。
「我再說一次……『如月雨露，沒有來到唐菖蒲高中』。」
「你在講什麼莫名其妙——」
「莉莉絲，從一開始妳就不是騙人的那一邊，而是被騙的那一邊。站在騙人這一邊的是

『我們』……因為就在那一天，『那傢伙』第一次來到唐菖蒲高中圖書室的那一天……我們就是在那時候交棒的。」

「交棒？」

「對！簡單說，就是用跟妳相反的方法。妳是一個人演兩個人，可是，我們啊…………是『兩個人演一個人』。」

「我」一邊說話一邊把一直戴到現在的帽子、墨鏡、口罩這些變裝套件卸了下來。

真是的，平常都是在唐菖蒲高中跟「那傢伙」交換制服就好，今天卻叫我到西木蔦高中，可真費了不少工夫。

算了，沒關係啦……畢竟這次我欠了很多人情，就睜隻眼閉隻眼。

「你、你是……」

我的臉孔露了出來。這一定令莉莉絲錯愕。

她一張嘴又開又合，說來失禮……簡直就像隻被餵餌的魚。

然後，仍然一團亂的莉莉絲以顫抖的嘴唇……

「…………葉(水)月保(管)雄。」

叫出了我的名字。

「就是這麼回事。從唐菖蒲高中出發採買時，待在 Cherry 會長身邊的不是花灑，而是我。我們先在廁所交換了制服。起初花灑戴著實在太可疑的變裝套件，這可大大奏效了。」

我和花灑，是從採買的第一天開始互換身分。

花灑的工作就是在唐菖蒲高中當 Cherry 的假男友，但採買的時候不一樣。他戴上了多準備的備用變裝套件，暗中跟蹤。

跟蹤我和 Cherry……的炭印嵐，就是他跟蹤的對象。

然後，花灑看見了。他看見炭印嵐走進唐菖蒲高中的身影。

這也是我們得知炭印嵐是唐菖蒲高中學生的理由之一。

雖然他在校內就實在沒辦法再跟蹤，只能跟到校門。

「妳太小看花灑了。別看他那樣，他可相當精明。我之前和他打賭，就吃了大虧。」

真的是喔，認識花灑以後，我就辛苦個沒完。

堇子也好，Cherry 也好……啊啊，一想起來就愈來愈火大。

說真的，大變態是怎麼回事啦！真是有夠折騰！

那絕對不是我的路線！那種角色明明應該由花灑負責好不好！

「外校的學生很難在排外風氣很重的唐菖蒲高中得到接納。而且即使得到接納，光是被妳知道有他這麼個人就已經沒戲唱了。所以，我們沒辦法從西木蔦高中再找更多人幫忙。那麼，該找誰幫忙呢？……這應該不用說了吧？」

其實，最理想的情形是能不讓莉莉絲發現是我就解決這件事。

因為這樣一來就不必留下疙瘩。坦白說，這讓我很遺憾。

「為什麼……？他們說葉月同學和 Cherry 學姊鬧翻……說你們感情很差……」

「噢，這個啊，早就解決了。」

「這、這……！」

其實我們從一開始就沒有鬧翻，只是 Cherry 會錯意。

的確，今年地區大賽的決賽時，Cherry 是把髮夾交給了花灑而不是我，但這種事我從一開始就沒生氣。那場打賭本來就是那麼回事。

就只是 Cherry 一直掛念著，所以和我保持距離。

我好幾次想告訴她「我沒生氣」，但她總是馬上溜走，聯絡她她也裝作沒看到，真的是讓我頭痛得很……就這點而言，就得感謝花灑了。

畢竟我在他第一次來圖書室的時候，拜託他讓我們和好：「Cherry 會長的事情可以交給你吧？」結果當天他就幫忙解決了這件事。

只是，接下來我的行動就太失敗了……

和 Cherry 和好後，我說：「接下來就由我來假扮成花灑，演 Cherry 會長的男友。不，請讓我幫忙。」當時花灑回我的話，我到現在還記得。

他有夠開心地賊笑嘻嘻說：「哎呀～～！我就相信你會這麼說！你這向上相容同學真不

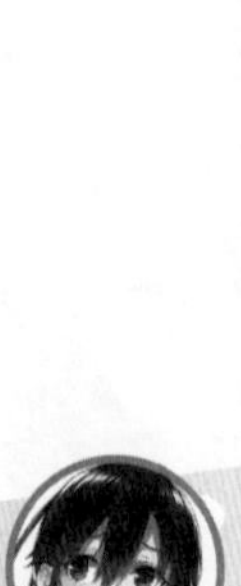

是當假的！」但我萬萬沒想到竟然還附加了「大變態」條款……

他肯定是故意的吧……坦白說，我很想揍他。

「看，我們沒違背約定吧。因為花灑沒有來唐菖蒲高中，他現在正為了解決別的問題，沒出息地拚命奔走呢。」

畢竟他說他被男生表白，大傷腦筋……

當他問：「我被男生表白了，這種時候該怎麼辦才好？……你應該有過這種經驗吧？」我忍不住大吼：「怎麼可能有！」

為什麼花灑會以我曾經被男生表白為前提來談啦……

「這樣太卑鄙了！竟然用這種亂七八糟的方法騙我……」

「所以呢？不好意思，別看我這樣，我對勝利很貪婪的……想贏的時候，不惜動用任何手段也要徹底擊垮對手……讓對方再也不敢違逆我。」

「咿！」

莉莉絲似乎被我的氣勢嚇到，小聲尖叫。

「無論用的是什麼樣的手段，我們就是遵守了約定。我可要妳也遵守約定啊。」

「………好，我遵守約定，絕對不會對三色院堇子出手。」

「妳願意這麼說，可幫了我——」

「可是，Cherry 學姊的事另當別論。」

莉莉絲打斷我的話，這麼說道。

「Cherry 學姊非我不可……我比誰都更為 Cherry 學姊著想。過去在學生會也一直是我在幫助 Cherry 學姊！你什麼都沒做！所以，你不要再接近 Cherry 學姊了！這樣一來，我就可以……」

「這樣行不通的！」

我忍不住情緒化地喊了出來。

不就是這樣嗎？莉莉絲的話根本一模一樣。

……和我在今年地區大賽的決賽輸給花灑時說的話一模一樣。

「無論妳多麼在乎對方，無論多麼有自信能讓對方幸福，除非對方想要，不然就沒有意義！強迫推銷幸福未必就能讓對方幸福！所以……有時候也得有退出的勇氣……」

說得自己都要招架不住了……虧我之前還那麼難看地抵抗……

可是，正因為這樣，我不希望莉莉絲也犯下一樣的失敗。我不希望她像我一樣後悔。

「我說啊，莉莉絲，妳再仔細想想看。妳真的是為 Cherry 會長著想？不是把自己的理想強加在她身上，束縛她？」

「這、這個，不是——」

「當然了，我很清楚也有些部分不是這樣……妳真的很在乎 Cherry 會長也是事實。可是……不是只有這些部分吧？」

至少，我以前就是這樣……我自認是在為董子著想，實際上滿腦子想的都是自己。我就只是用自私的善意在綁住她……

「……那我該怎麼做才好？我想待在 Cherry 學姊身邊……希望她更珍惜我……我好不安……我好怕她其實討厭我……」

莉莉絲流下眼淚如此問我。

希望對方更珍惜自己。不安……是嗎？我也還差得遠了。

我還是沒能徹底理解莉莉絲不為人知的心意……

就是說啊，莉莉絲跟我不一樣，是個女孩子。

把一切都套在過去的我自己身上解釋，一樣是一種強迫推銷啊。

「不用擔心，Cherry 會長遠比妳想像的更在乎妳。」

可是既然這樣，我就告訴她吧。把只有我知道的 Cherry 說過的話告訴她。

「……咦？」

「妳說妳的話她不會聽進去，但這麼說有一半錯了。她啊，從以前就經常談起妳，開心地說妳是個『能幹又可靠的學生會伙伴』。」

「……真的？Cherry 學姊這樣說我？」

「當然了。跟她在一起，她老是談起妳，我聽得耳朵都要長繭了。」

「……是嗎？這樣啊……」

「她說妳對電影很熟，會告訴她很多好看的電影，很開心。說妳雖然是個文靜的女生，但內心很堅強，很值得信任。還說要不是有莉莉絲在，也許自己就沒辦法當好這個學生會長……她說過太多了，要我現在全部說出來可能有點難。」

「我好高興……」

莉莉絲用力抓緊裙子。剛才那沉鬱的氣息已經消失得無影無蹤。這樣看來，應該不要緊了吧……不管是堇子還是 Cherry。

「可是，我給 Cherry 學姊添了好多麻煩，所以……」

「是啊。我打算要妳跟我約定幾件事來表達妳的歉意。」

「約定？」

「嗯。第一是『不對三色院堇子出手』，第二是『不再扮演炭印嵐糾纏 Cherry 會長』，第三是『以後也繼續努力在學生會活動』……然後相對地我也答應妳，『不把真相告訴 Cherry 會長』。」

我不打算把真相告訴 Cherry。

對 Cherry 而言，莉莉絲是很重要的朋友。會讓她失去這個朋友的事實不如不存在。

知道事情真相的，只有我、花灑和 Cosmos。也就是所謂善意的謊言。

炭印嵐乖乖收手消失……這樣不就好了嗎？

「……這樣好嗎？我做了那麼多過分的事。」

「每個人都會犯錯，重要的是接下來怎麼做。所以，以後妳也要繼續幫助 Cherry 會長。畢竟她那麼毛躁，一慌張就會出紕漏，問題多得是。」

「可是，我甚至拿出了這種東西……」

莉莉絲垂頭喪氣拿出來給我看的，是一直握在手上的小刀。

「噢，這不成問題，因為……嘿。」

「……啊！」

我輕巧地伸出手握住莉莉絲這把小刀的刀刃，而不是刀柄。

但我一點也不痛，一滴血也沒流。

也就是說，這把小刀從一開始……

「不就是道具刀嗎？」

「你怎麼會知道？」

「如果妳跟 Cherry 學姊說的一樣，就絕對不會準備真刀。」

「……好厲害。竟然可以這樣相信別人……」

「不只相信自己，也要相信別人。我之前就是辦不到這點，才受到慘痛的教訓。我也只是不打算犯下一樣的錯誤而已……那麼，如何？妳願意遵守跟我的約定嗎？」

「……嗯……我會乖乖遵守約定……對不起，給大家添了這麼多麻煩。」

莉莉絲流下眼淚發出沙啞的嗓音，一邊點頭。

大概是覺得這樣很難為情，她用力擦著眼角，勉力想止住淚水。

「無所謂。而且站在我的立場，是覺得如果只針對花灑，妳大可多給他吃些苦頭。」

「葉月同學比我想像的更壞心眼耶。」

「只針對花灑就是了。對其他人，我有自信還挺和善的。」

因為我對他有太多恩怨了。拿最近來說，就是大變態相關的事。

「啊，對了，莉莉絲……我是說如果，如果下次妳還要扮演另一個人，我覺得最好別再用『炭印嵐』這個名字。」

「是嗎？我倒是非常中意這個名字呢。」

莉莉絲睜大眼睛，歪過頭。

也是啦，說這個名字很有莉莉絲這個電影迷的風格也的確沒錯……

「因為這個名字……不就是艾倫·史密西的重組字嗎？」（註：艾倫·史密西「Alan Smithee」的日文拼音アラン・スミシー，重組為スミイン・アラシ，可轉換成漢字「炭印嵐」。艾倫·史密西是美國導演協會成員使用的唯一官方化名）

「被你看穿啦？葉月同學對電影也很熟耶。」

「一點點啦。比不上妳就是了。」

於是我們相視而笑，就在這時……

「唔～～！好重喔～～！Cosmos仔，幫幫我嘛～～！」

「這不是妳忘了買的份嗎？那就得由妳自己努力搬才行。」

門外傳來 Cherry 很有精神卻又像鬧脾氣的說話聲。

看來是採買完畢，已經回來了。

既然這樣，這件事就談到這裡吧。

Cherry 什麼都不用知道，以後也請她繼續當我們開心又活潑的學生會長——

「壞心眼～～！換作是水管仔，都會很樂意地一邊對我耍大變態一邊幫忙耶……」

我不會幫忙。我從來不曾樂意當什麼大變態。

好，該做的事情都做了，就再戴上變裝套件，離開學生會室吧。

畢竟由於之前那個約定，我不能接近菫子和菫子的朋友，也不能跟他們說話。

要是這樣的我待在學生會室，Cosmos 大概會很為難。

雖說是為了解決莉莉絲這件事，但我覺得這次的尺度實在非常灰色地帶……

「那我差不多要走了。掰掰，莉莉絲。」

「嗯……謝謝你，葉月同學。」

我最後和莉莉絲彼此說了這些話就離開了學生會室。

好啦，花灑，我這邊結束啦，你那邊情形如何呢？

……光想這些就已經是多此一舉了吧。反正那小子不是省油的燈。

想也知道一定又會用我作夢也想不到的亂七八糟的方法解決問題。

畢竟花灑是個有夠令我火大的對手，也是我的…………向上相容版啊……

＊

這時候，水管是不是正在說服莉莉絲呢？……不，再怎麼說也還沒開始吧。

我們剛剛才在西木蔦高中的廁所裡交換制服，他一定還在路上。

話說回來……

「該死！這制服的褲管太長了！」

混帳水管……雖然我本來就知道他身高比我高了點，但多出來的部分竟然全都灌在腿的長度上，你是要怎麼羞辱我才滿意？給我換成坐姿身高啦，坐高。

算了！再想下去也只會更悲傷！這件事就到此為止！

那邊就交給水管處理了。只要他說服莉莉絲，Pansy 的安全就能得到保障。所以，我就來把該由我解決的問題做個了結吧。

我最該優先解決的是薄荷的問題，不會有別件事。

理由簡單而理所當然。因為能夠解決這個問題的，就只有我一個。

要是我不行動，我和山茶花之間的假男女朋友關係就會沒完沒了地維持下去，有可能因此引發新的問題。

一旦演變成那樣的情形，山茶花自己也會面臨更多煩惱，更重要的是我不能一直依賴她的好意。

正因如此，為了解決這個問題，我把薄荷叫到屋頂上。

跟他說：「我有重要的事要跟你說。」

好啦……那我也開始吧。

「嗨……薄荷。」

「請、請問！花灑學長……你說有重要的事，是什麼事呢？」

打開屋頂的門一看，已經有個男生先來到這裡了。

是在這次的事件裡，以特殊性向讓我吃足苦頭的薄井明日荷……薄荷。

他的表情之所以顯得雀躍，會是因為期待我所謂「重要的事」嗎？

「怪了，學長怎麼穿這樣？」

「噢，是因為私人因素，只好這麼穿，你別放在心上。」

也是啦，他看到我來卻穿著唐菖蒲高中的制服，會想問幾句，這種心情我也懂。而且如果我們立場對調，大概就換我問了。

「是嗎……那我要進入正題了，請問學長為什麼找我來屋頂？我、我只是猜想……那個，花灑學長，該不會對我，比對山茶花學姊還……」

薄荷臉頰染成紅色，頻頻窺看我的表情。

一番話從頭到尾都如同我的意料……簡直令我惶恐啊。

……只是，很遺憾，我可是已經察覺你「真正的目的」了。

起初是糾纏山茶花的跟蹤狂，接著是發下豪語說喜歡上我的男生。

藏在這兩種行動裡頭的是什麼答案，我就來證明給你看吧。

用我接下來要說的話。

「喔，虧你猜得到啊！你說得對……薄荷，我喜歡你。」

「……咦？咦咦咦咦咦咦咦咦咦咦咦咦咦咦！」

好吵！呃，我也知道你嚇了一跳，可是麻煩音量壓低一點好不好……

算了，沒關係啦。就別計較這個，趕快繼續下去吧。

「薄荷……對不起，我之前都不老實。最近跟你互動，我有了一個想法……想說男生倒也挺不壞的。不，你遠比山茶花好。」

「是、是這樣嗎～～……呃，學長突然這麼說，我實在……」

我踏上一步，薄荷就退開一步。

夠了，這樣下去沒完沒了。這種時候我就一口氣說出我的心意吧。

「逮到你啦。」

「呀！」

我微微加快速度走到薄荷身前，雙手用力按住他的肩膀。
然後雙眼直視著他……
「收下我的心意……」
我慢慢將自己的嘴脣靠向薄荷的嘴脣。啊啊，感覺得到甜美的氣息耶。
那麼，也差不多……

「不行～～～～～～～！」

「咿噗啊！」
我是有想過妳會跑出來，但是不要把我整個人撞飛！
真沒想到會被撞得這麼厲害……也許我太小看她了。
出現的是一名少女。
她對我的行動似乎相當吃驚，「呼～～呼～～……」劇烈地喘著大氣。
「真、真是的！花灑你搞什麼鬼啊！這裡可是學校的屋頂！是神聖的地方！所以，這種事情你應該到別的地方去……呃，在別的地方也不行！不可以對明日荷同學下手！真沒想到你的這種性向會覺醒，嚇我一跳！」
嗯，各方面都不枉我這麼奮不顧身，計畫進行得非常順利。真要說起來，只有全身的劇痛是我當初沒料到的……真希望她推開我的動作可以輕一點……

我明明從一開始就沒打算真的親下去……

「為什麼……我不可以對薄荷下手？有什麼不好？我們是兩情相悅啊。」

「才、才不是呢！『明日荷同學沒有喜歡男生！所以，他並沒有喜歡花灑！因為……啊』！」

哼哼哼，看來她總算發現自己上當啦。可是，已經太遲了！

我就知道她絕對在跟蹤我，果然不出我所料。

「我知道。薄荷從一開始就沒有喜歡我吧？不但沒有喜歡我，他還很普通，是個喜歡女生的男生……他另有真命天女。然後至於這個人是誰，倒也不是山茶花……」

也是啦，只要冷靜一想，就覺得共通點實在很多。

仔細回想，就發現他們兩個都對我說了一大堆大同小異的話。

至於薄荷的真命天女是誰……

「薄荷喜歡的不就是妳嗎？E……咳……艾莉絲。」

我稱這名少女為紅人群E子同學。

姑且說一下她的本名吧。目崎惠文。

所以只要把頭尾兩字倒過來拼在一起，也會變成「文目」這樣的綽號。（註：日文中「文目」為溪蓀，鳶尾科鳶尾屬）

「啊，呃，那個……」

薄荷似乎無法判斷對我的話該承認還是否認，窘迫地看著艾莉絲……然而，他似乎沒發現這個舉動正是最好的證明。

算了，無所謂。反正無論他承不承認，我都打算繼續下去。

「妳……不，應該說你們，就是為了撮合我和山茶花而行動吧。艾莉絲……還有其他人也是。」

我不是看著站在正前方的薄荷，而是看著站在他旁邊的艾莉絲，說出這麼一句話。

而且，屋頂入口處還有一臉「糟了……」的表情的紅人群。

實在是……說是替朋友著想的確好聽，但做得太過火就讓人不敢領教。

這次這件事當中最棘手的一點，大概就是消息全都被紅人群掌握得清清楚楚。

就因為這樣，無論我採取什麼樣的對策都會被她們將計就計。

所以事情遲遲無法解決，情形也變得愈來愈複雜。

「首先是給我一個大義名分，要我保護山茶花免於受到不存在的跟蹤狂糾纏。然後，讓我和山茶花建立假的男女朋友關係，盡可能讓我跟她在一起，沒錯吧？」

從一開始就全都是編造出來的，偷拍與制服的事也全都是騙人的。

實際拍下山茶花照片的，八成就是紅人群吧。
也難怪她們對於找出跟蹤狂會這麼消極了，因為根本就不存在嘛。
「只是，發生了一點意料之外的狀況。你們一定沒想到我會不再和山茶花假裝是情侶吧？所以你們必須弄出一個不是虛構，而是實際存在的假跟蹤狂。那就是你……薄荷。」
「……唔！呃、呃……」
薄荷啊，你還想勉強掩飾的努力我是給予肯定啦，但已經不管用啦。
「我就覺得時機未免太巧。你們想，我才剛說『再不出來，我就不當假男友』的下一次下課時間，就真的給我跑出來了。」
「才、才不是！我真的從國中就是山茶花學姊的學弟，很崇拜山茶花學姊……」
「是喔？原來這部分是真的啊？那麼，接下來的部分呢？」
「…………」
沒想到這小子還挺老實的，還會乖乖地垂頭喪氣嘛。
這種個性，我不討厭。
「讓薄荷扮演假跟蹤狂角色登場的目的，就是要讓我繼續當山茶花的假男友吧？這個圖謀非常正確。因為薄荷的出現，讓我決定繼續當山茶花的假男友……只是，代價就是發生了另一個問題吧？」
正因如此，紅人群才把計畫從第一階段推進到第二階段。

「這另一個問題，就是我把說服薄荷放在第一優先，而不是假裝成男友。明明想盡可能讓我和山茶花相處，實際上卻不是這樣，一定讓妳們很傷腦筋吧？……所以，接下來妳們就改變給予大義名分的對象……從我換成山茶花。」

這幾個好朋友真不是當假的，預測山茶花的行動，手法非常漂亮。

山茶花的個性就是責任感很強，對人又好。所以，她不會丟下遇到困難的人不管。

因此，才會叫薄荷對我表白，也不管我們都是男生。

「說穿了，就是妳們特意讓我解決跟蹤狂的事，然後準備了另一個問題。這次的問題絕對無法解決……這個新的問題，就是說薄荷喜歡我的這個漫天大謊。」

坦白說，最費事的就是找出這個答案……因為我不明白理由。

明明不是同性戀卻對同性表白，對薄荷來說只有壞處，沒有好處。

如果被自己喜歡的女生知道這種事，可不是小小誤會就能了事。

可是，薄荷有唯一的理由做這件事。

那就是為了拜託他的對象而絕對要去做的堅定心意。一種超越利害盤算的關係。

那就是……

「你們兩個在交往吧？」

從一開始他們就是情侶，是因為女朋友（艾莉絲）拜託，薄荷才會付諸行動。

「你、你知道得……這麼清楚？」

艾莉絲似乎覺得沒辦法再裝蒜了，對我這麼問起。

不過老實說，這不是我靠自己得知的消息就是了。

「對啊，因為我認識一個有點呆但很優秀的朋友。」

就是有一個這樣的呆子。圖謀全都會失敗，但沒有圖謀的時候就會有很棒的表現。這消息就是她得意忘形地告訴了我：

『唔哼哼！因為薄荷同學他啊，在和高年級的目崎學姊交往！就算是我，要把有心上人的人變成棉毛粉，我想也是困難到了極點！可是，如果如月學長有這個意思，就請學長努力當個好奴隸……唔哈～～～！……噗哈！學長為什麼突然對這麼可愛的我施展爆頭鐵爪握！唔哼～～！』

她是這麼說的。關於奴隸發言，我就優待她一下，賞她一記爆頭鐵爪握就了事。

「……是蒲公英啊……」

「喔，虧你猜得出來。答對了。」

以前薄荷遇見蒲公英的時候拚命想帶走她，理由就是這個。

相信他應該是很想阻止蒲公英說出事實吧。

真遺憾……她是個無法控制的呆子。不管你做什麼，我想都沒用。

「所以呢，假扮山茶花的男友這件事，我可要停手了。應該沒問題吧？畢竟從一開始就沒有跟蹤狂存在，而且薄荷似乎也不是真的喜歡我。」

「「「「…………」」」」

聽到我這麼說，無論薄荷、艾莉絲還是站在他們身後的紅人群，都一句話也不說。

薄荷似乎已經死心，露出認命的表情，但艾莉絲好像另有想法，讓有些沮喪的眼神振奮起精神……

「……為什麼山茶花就不行？」

她對我這麼問起。

「山茶花為了花灑，一直都好努力耶。花灑說喜歡清純的女生，她就努力變得清純……還不只這樣！像是便當，她不也每天都非常努力地做嗎！」

艾莉絲這番話，讓紅人群在她背後連連點頭。

「我們一直覺得山茶花好可憐！每次到了緊要關頭，她就會退縮……還落寞地說：『我不像其他女生那麼棒。』……所以，我們想讓山茶花有自信！想讓山茶花知道，她也是個很棒的女孩子！」

果然，她們從一開始就完全是為了山茶花而行動。

畢竟她們交情那麼好。

「你知道嗎？今年地區大賽的決賽打完後，山茶花一直在北出口等你！想把她做的便當交給你！就算我們告訴她：『花灑在南出口跟小桑在一起，還是放棄，回家去吧。』她還是說：『搞不好他會來。』就這樣堅定地一直等……」

真的假的……山茶花竟然為我做到這個地步？

還有，到頭來第二學期也是東西南北都被點過一輪啦……這已經是慣例了嗎？

「好嘛，可以吧？像她那麼棒的女生，可找不到幾個喔，甚至可以說是對你而言理想的女生！雖然有時候會有點粗魯啦……」

「有點」？看來我與艾莉絲之間有著決定性的印象差距。

算了，是沒關係啦……

「所以，求求你，花灑！和山茶花當真正的——」

「不好意思，不是這種問題。」

「……咦？」

「那個……坦白說啊，我覺得山茶花很可愛。不只這樣，她人很好又靠得住，說來說去人還是很正經，是個棒透了的女生。」

這不是說謊。雖然個性有點問題，但山茶花仍有太充分的魅力。

那麼棒的女孩子可沒那麼容易遇到。

說來窩囊，但就是因為這樣，我才會在知道真相之後還遲遲不採取行動。

我在自己想再維持現況一陣子的心意當中搖擺……

但是，這已經是過去式了。

「可是啊……就算是理想的女生也未必就會喜歡。我覺得有各種不滿都沒關係，像是陰險又老是很毒舌、做事亂七八糟、一緊張就會變得很少女，又或者是有時候會情緒化而失控……這些經常讓我只想請她們饒了我吧。可是，就是這樣才好……就是因為她們是這樣的人，我才能喜歡上她們……」

要用言語說明這樣的感情大概太難了吧。

可是，不可思議地就是這麼回事。一旦有人問起，最先說出口的都是壞話而不是讚美。像今天她們也給我亂七八糟地大吵了一架。

就算這樣，我心中還是有一種不會動搖的感情。我想……這就是「喜歡」這回事吧？

「那麼，山茶花……」

「當然，她完全沒有不好！反而該說很棒！可是啊，那個，說來窩囊……我就是沒有自信能直率地說我喜歡山茶花。」

畢竟我身邊的情形實在太複雜了……雖然我是自作自受。

不過這件事就先不管。

「……這樣啊。嗯，知道了！謝謝你告訴我！」

「嗯。這樣就行了嗎？」

「當然！我非常滿意！」

「是嗎……那就好……」

我本來還以為得多說幾句話才行，沒想到她這麼快就滿意，可省了我不少工夫。

「沒錯！全都和花灑說的一樣！其實，我和明日荷在交往！我們一直保密，所以被大家罵得可慘了。而且我們也還沒告訴山茶花……不過不說也已經沒關係了吧！」

她帶著清爽的表情承認了很多事情，但我並不打算就這麼讓這次的事情結束。

對我來說，接下來反而才是重頭戲。

「那麼，接下來可以讓我講幾句話嗎？」

「花灑要講話？」

「對。其實，我有一件事要拜託你們。」

「「拜託？」」

哼哼哼！我做了多少事，可就要拿到多少酬勞啊！

「其實啊——」

後來，我對紅人群還有薄荷說了。

說出我另一個圖謀……

「——就這麼回事。如果你們願意答應，那就非常可喜。」

「咦咦！要我們來？哎呀~~……來這招啊……」

聽到我提出的條件，艾莉絲皺起眉頭。

然而，這點我絕對不打算讓步。

妳以為我是為了什麼才會從暑假辛苦到今天！全都是為了這件事！

「……這是為了三色院同學？」
「不是，是為了我。」
我右手拇指和食指互搓，這麼回答。
「ＯＫ～～！知道了！好！我就答應你！」
好耶～～！條件順利通關了！這樣一來，我的辛苦也就值得了！
哎呀～～！雖然歷經很多悲慘的過程，但最後的最後可讓我嚐到甜頭啦！
「那麼，從明天起就拜託你們啦。然後，這次的事情就到此結束。」
「也對！我們也達成一半的目的，完全沒問題！」
「我就說吧？」
「……哎呀？該不會，花灑……『你連那邊也注意到了』？」
「算是啦。」
「哇喔！花灑比我想像中更敏銳呢！」
我不是看向震驚之餘露出笑容的艾莉絲，而是看向站在她背後的紅人群。
結果紅人群分別往左右挪開，從後出現的是……
「嗨……山茶花。」
是清純外表正中我好球帶的女生——真山亞茶花……也就是山茶花。
想來她大概是在一無所知的情形下被帶到這裡來。

為的是讓她親耳聽見我的真心話。
所以，剛才艾莉絲才會說：「我和薄荷交往的事情還沒告訴山茶花，不過不說也已經沒關係了。」
「啊、啊、啊啊啊啊啊……」
山茶花似乎因為資訊量過剩而陷入混亂，滿臉通紅，心浮氣躁。
真是的……紅人群的各位可真是跌倒了都不肯白白站起來。
畢竟她們儘管被我揭穿各種圖謀，卻也不客氣地達成了另一個目的。
……沒錯。坦白說，這次紅人群的行動有兩個目的。
第一，是讓我和山茶花接近。
「啊～這種事情面對面說出來實在很難為情……不過我就說個清楚吧。」
「說、說什麼啦！」
而另一個目的則是……
「山茶花，妳是個非常有魅力的女生。真的超級可愛。」
她們想讓山茶花自覺自己是個「迷人的女生（女主角）」……
「呀！」
山茶花通紅的臉變得更紅了。
我自己講實在不太對，但其實超可怕的。我說不定已經死了……

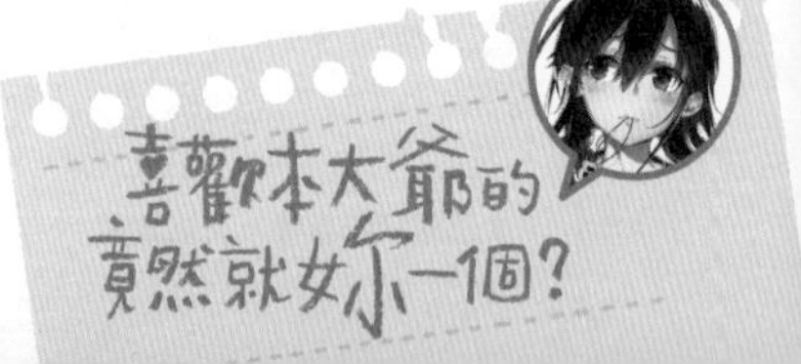

「你、你說我棒透了……是理想……」
她全身發抖，握緊了拳頭啊……
也就是說，這一拳會朝我揮來……還是趁現在先做好心理準備吧。
「這種難為情的話……」
各位，謝謝你們過去的種種，我的天年就要盡了……咦？
不管我怎麼等，拳頭都沒揮來耶。現在是什麼情形？
「嗚嗚～～！嗚嗚～～！」
怎麼揮到快打到的位置停住了！該不會是所謂的驚險安全上壘？
「山茶花，加油！這種時候要忍下來！」
「來，不要一直凶巴巴的，偶爾也要坦率一下！」
「不用怕！花灑會明白妳的心意！」
「GO～～GO～～山茶花！還有很多機會啊！」
紅人群的各位～～～～！不要激她！不要激這樣的山茶花啊！
好了，我就做好覺悟，閉上眼睛吧……
啊啊，難得拳頭停下來了，卻敲了我的胸口……嗯？只敲一下胸口就了事喔？
「…………謝謝你。」
山茶花小聲吐露心聲。

她似乎不好意思跟我對看，連耳朵都紅了，還低著頭。
「「「……Per～～fect！」」」
看到山茶花這樣，紅人群豎起大拇指。
她們的默契不管什麼時候都還是那麼厲害。
「～～～！那、那我走啦！」
然後，山茶花最後說出這句話就以驚人的速度離開了。
「啊，等一下嘛，山茶花～～！我們也要走啦！」
紅人群的各位面帶笑容跟著這樣的山茶花離開。於是，現場就剩下我和薄荷。
跟這小子兩個人獨處，即使知道真相，我還是隱約有點害怕。
「呃～～……那麼薄荷，我也差不多要走啦……」
「好的！以後也請學長多多貼身給我指教了！」
「唔唔！知、知道啦……」
「哎呀～～？花灑學長，你臉都發青了耶。該不會，你是真的對我……」
「才不是！我是被嚇到！」
「啊哈哈哈！開玩笑的，開玩笑！請不要那麼生氣啦！」
我笑不出來……這小子到底要帶給我多少恐懼才滿意？
「……真是的，那我走啦。」

好了，這樣一來，薄荷這件事還有另一個問題都完全得到解決啦。
剩下的問題就是 Cherry 的事，還有……他們的事。
水管……我這邊可勉強搞定啦。所以呢，那邊就交給你啦。
……光想這些就已經是多此一舉了吧。反正那小子不是省油的燈。
想也知道一定會走我根本走不了的王道路線游刃有餘地解決問題。
畢竟水管是個有夠令我火大的對手，也是我的…………向上相容版啊……

我得到了很多很多

終章

我在西木蔦高中做完各種事情後，急急忙忙趕往唐菖蒲高中。

呼～～……漸漸看到校門了，也差不多可以不用再跑了吧。呃，那是……

「嗨，你那邊情形怎麼樣啊？」

水管這傢伙，竟然特地在校門前等我喔……

順便說一下，他身上的制服……褲子果然短了點……好不甘心。

「沒問題……你那邊呢？」

「當然沒問題。」

嘖，給我一臉滿不在乎的表情……所以你解決起來就是這麼游刃有餘？

……不對。說不定只是在逞強，像我自己就是這樣。

「「…………」」

總覺得產生了一種微妙的沉默。好尷尬……

這次水管雖然願意幫忙，但我們並非已經和好。

和好的是水管與Cherry，我和水管的關係沒有變化。

終究只是建立在利害關係一致上的合作關係。對這小子來說，我現在仍然……

「……謝啦，花灑。」

「什麼？」

這不對吧？怎麼水管會說出這種非常令人難以置信的話……

「我不想對你說這種話，但只有這次，我要老實地感謝你。」

這小子在說什麼鬼話？我猜到了莉莉絲的目的，所以告訴他，但接下來解決問題的部分，我就全都扔給水管去處理。

怎麼想都覺得該道謝的人是我吧。

「該說這些話的不是你，是我才對吧？」

「不對，這是我該說的話。你想想，就是因為你把莉莉絲真正的目的告訴了我，這次的事情才能解決。」

「就算這樣，最終解決這件事的也是你，我只是把事情硬塞給你啊。」

「你說的硬塞……才是你的目的吧？」

……原來如此。所以你連這點都看穿啦？

「你從一開始就打算讓我解決這次的問題。因為假使你一個人解決了莉莉絲的問題，就會剩下一個重大的問題……也就是我和 Cherry 會長之間產生的疙瘩還是不會消失。」

「…………」

「你之所以準備露骨的變裝套件，又偽裝自己的個性和語氣，都是為了在中途和我對調的事前準備。你就是這樣把和好的大義名分交給我和 Cherry 會長，這幫了我非常大的忙。所以，我才會跟你道謝，你滿意了嗎？」

「嗯、嗯……」

被拆穿也無所謂啦，只是被他這樣當面道謝就覺得有點彆扭。

「比起被拜託的事，不如做對方最渴望的事。畢竟我很難做到這一點，會很嫉妒能若無其事辦到的你啊。」

「要這樣說的話，我對你其他方面也嫉妒得沒完沒了啊。」

而且我也不是每次都會順利，這次只是碰巧。

可是，能讓他這麼說就覺得好開心。他是不是有點肯定我了？

既然這樣，今後說不定和這小子也可以好好相處——

「這是當然吧？因為我是你的向上相容版啊。」

哪有可能！實在是喔，這小子是怎樣啦！

對其他人就和善得不得了，就只有對我，個性也太差了吧！

「是喔？那可以請你趕快跟我換回制服嗎，向上相容大爺？」

「當然了。這褲子太短，走起路來有點不舒服啊，向下相容小弟。」

可惡～～～～！把別人在意的點講得這麼不客氣！

……啊，對了。有人拜託我一件事。

坦白說，我正以現在進行式對水管感到火大，所以很不想辦，但不辦八成又會受到慘痛

的教訓……還是趕快辦一辦吧。

「還有啊，水管，『她』要我傳話給你。」

「她？你到底是指誰——」

「她說……『謝謝』。」

「……！……是嗎？那幫我轉告她：『不客氣。』」

呃！給我一臉高興的樣子！

只不過是一聲道謝，不要幸福成那樣好不好！

＊

我和 Cosmos 做完在唐菖蒲高中的最後一份工作後，回到了西木蔦高中。

幫忙唐菖蒲高中學生會的工作就到今天為止。

Cherry 和其他學生會成員對我們道謝，莉莉絲則是道歉。

她不是用智慧型手機，而是以自己的聲音說：「很多事情很對不起，我不會再做了。」

她說話的聲調帶著一點幸福的音色，所以我想一定沒問題了。

然後 Cherry 以滿面笑容對我們說：「這次真的真～的很謝謝你們！多虧了花灑仔和 Cosmos 仔，真的幫了我們很大的忙！所以，下次我會好好答謝你們！啊！我不會再把你們牽扯進奇怪的事情，放心吧！」

還有就是回去的時候，月見也來道謝，讓我挺高興的。

雖然也加上了一點抱怨，埋怨放學後都沒辦法和水管一起……

不管怎麼說，這樣一來唐菖蒲高中的問題就完全解決了。

所以，問題只剩一個。

就是在今天午休時間發生的葵花與翌檜……還有 Cosmos 吵架的事。

只是很不巧，要解決這個問題的不是我，而是 Cosmos 她們自己。

我的職責終究只是陪同，一點也不打算多嘴。

「……！請、請進！」

學生會室入口傳來敲門聲，而 Cosmos 回答「請進」的聲音也明顯比平常緊張。

Cosmos 為了與她們兩人和好而選的地點，是學生會室。

她把還要參加社團活動的葵花與翌檜叫來這裡。

「……打擾了。」「失禮了。」

門打開後，出現在門外的是表情有些黯淡的葵花與翌檜。

她們人是進來了，但似乎不知道該如何是好，坐立難安地站著不動。

Cosmos 坐在自己平常坐的固定位子，我坐在一張放在學生會室角落，遠離會議桌的折疊椅上。畢竟坐在 Cosmos 旁邊也不太對。

這是在表示我終究只是陪同在場。

「那個……可以請你們兩位都先坐下嗎？」

「「…………」」

葵花與翌檜聽從指示，默默在桌子對面坐下。

該怎麼說，這種氣氛令人緊張……

我都這麼覺得了，相信三個當事人應該更緊張。

我朝 Cosmos 瞥了一眼，看出她攤開筆記本的手在發抖。

「那麼，關於今天的事情，呃，我──」

「「對不起！」」

「──咦？」

「那個……因為今天我對 Cosmos 學姊說了好多過分的話……我很羨慕妳可以跟花灑在一起，都只有我在生氣……可是，Cosmos 學姊一定也很難為，呃，那個……總之，對不起！」

「我也是……明明 Cosmos 會長可能有苦衷，我卻根本不考慮，說話只想到自己，我有在反省……真的很對不起！」

「妳們兩個……啊啊！不要這樣低頭！」

葵花和翌檜深深低下頭，讓 Cosmos 急忙從折疊椅起身，走向她們。搞什麼……根本就沒有我出場的機會嘛……

「我沒生氣！我真的沒生氣，妳們不用這樣道歉啦！」

「真的？Cosmos 學姊沒生氣？」

「妳願意原諒我們？」

葵花與翌檜沮喪地抬起頭，淚眼汪汪地看著 Cosmos。

模樣就像惡作劇被罵的小孩，有點可愛。

「我沒生氣，也沒什麼原諒不原諒……該道歉的是我。說實話，我本來應該把一切都好好告訴妳們，可是我怕失敗，怕辜負妳們的期待，所以隱瞞了真相，才會弄成那樣……我對妳們兩個真的很抱歉！」

「不會。是我不好！所以，Cosmos 學姊不可以道歉！」

「就是啊！我一氣起來，就只顧著說自己想說的話，給妳添麻煩……Cosmos 會長並沒有錯！」

「謝謝妳們……真的很謝謝妳們兩個！」

妳們三個都好厲害啊。我之前和大家鬧翻的時候，花了有夠長的時間才和好，可是妳們一天都還沒過去就辦到了。

……好了，既然重修舊好了，接下來我就小小插個嘴吧。

「Cosmos 會長，差不多可以把另一件事也告訴她們了吧？」

「……咦？呃……這要由我來說嗎？花灑同學！」

何必慌成這樣。

妳看，葵花和翌檜都瞪大眼睛歪起頭納悶啦。

「Cosmos 學姊……另一件事，是什麼事？」

「剛才妳說妳隱瞞了真相，跟這件事有關嗎？」

「嗯、嗯，關於這件事啊，呃……」

Cosmos 大概是不好意思在這種狀況下由自己說出這件事，只見她紅著臉瞥了我一眼。

「嗚嗚嗚！我說不出口！花灑同學！麻、麻煩你來說！」

……搞什麼啦？妳那麼費心爭取到的功勞，明明可以更自豪一點。

可是看她這樣子，大概是說不出口，就由我來告訴她們兩個吧。

告訴她們 Cosmos 在唐菖蒲高中做了些什麼……

「我明白了。」

我從折疊椅起身，走了幾步。

不是走向 Cosmos 她們，而是走向先前 Cosmos 坐的位置後面。

走向一個有很大一塊布蓋住一些東西的地方。

「說穿了，就是這麼回事……葵花，翌檜。」

我說話的同時掀開布，結果從底下出現的是……

「咦？這是……啊啊啊啊啊！是網球網！」

「為、為什麼這裡會有印表機？」
葵花與翌檜瞪大了眼睛，跑向球網與印表機。
沒錯。Cosmos 前往唐菖蒲高中，和我幾乎毫無交流，又堅持不把這工作讓給她們兩人，致力於唐菖蒲高中的學生會活動，真正的理由就是這個。
之前的午休時間，葵花與翌檜曾不經意地請她提供網球網與印表機。
這些話 Cosmos 記得很清楚，一直努力想回應她們的期待。
「是請唐菖蒲高中讓給我們的。他們學校很有錢，說舊的器材已經用不著，所以我就說丟掉太可惜，請讓給我們用吧。」
「真的？真的是真的？」
「是啊，真的是真的。」
「可是，竟然讓出這麼高級的東西……就算用不到，本來應該也不能就這麼讓給我們！Cosmos 會長，妳到底怎麼……」
「其實，是 Cosmos 大幅省下了唐菖蒲高中學生會本來要動用的預算。那個金額啊，真的是不得了……所以啦，這些東西就是酬勞了。」
起初，她只是單純幫忙學生會的活動，可是做到一半就開始不一樣了。
Cosmos 得知他們學校的網球網與印表機明明還能用卻要處理掉，就對 Cherry 與唐菖蒲高中提出了請求。

對他們說：「我會大幅刪減預算，還請把網球網和印表機轉讓給我。」
可是，事情當然沒有這麼簡單，對方並未立刻答應。
起初 Cosmos 成功刪減的預算是原本的兩成。
對方就提出了一個條件，如果她能刪減到三成就願意轉讓給她。
為了達成這個條件，Cosmos 拚了命幫對方的學生會。
不是為了她自己，也不是為了我，是為了重要的朋友……為了葵花與翌檜。
我真的沒想到她竟然會用這種方法取得網球網與印表機。
真不愧是超級學生會長，這的確是只有 Cosmos 才辦得到的事。
所以，在午休時間的那場爭吵中，她才會堅持不肯讓出前往唐菖蒲高中的任務。
「哇～～！Cosmos 學姊好厲害！好厲害好厲害好厲害！」
「豈、豈止厲害！這根本是超級太厲害！」
沒想到會收到這樣的禮物，讓她們兩個都開心得手舞足蹈。
Cosmos 看到她們這樣……噢，她在忍耐啊。其實她明明高興得想當場蹦蹦跳跳，卻用力抱住筆記本忍耐。
「妳、妳們兩個開心，真是太好了。啊哈哈……怎麼樣？我也挺有辦法的吧？」
努力值得了，真是太好了啊，Cosmos。
畢竟妳一直為了葵花和翌檜在努力嘛。

「好高興！我好高興！Cosmos 學姊！這個我可以拿走嗎！可以拿給大家看嗎？我想告訴大家，我們不用再去補那破破爛爛的球網來用了！」

「那當然，這已經是妳們網球隊的東西了。」

「請問！我也可以先回社辦一趟去跟大家報告嗎？我想告訴校刊社的大家，以後印不出來的東西，不用再麻煩社員各自拿回家印了！」

「沒關係，翌檜同學，請妳用這台印表機多出一些有趣的校內報導！」

「好的！我明白了！」

「太棒啦～～～～！那我回去網球隊了！謝謝妳，Cosmos 學姊！等我送完東西再和大家一起來道謝！」

「我也先失陪了！可是，我會馬上回來拿！不會只有我一個，我會和校刊社的大家一起來拿！」

葵花抱著球網，腳步雀躍地離開學生會室。

翌檜甩得馬尾盪來盪去，歡天喜地地離開學生會室。

Cosmos 目送她們兩人離開……

「我知道妳們很急，但不要在走廊上奔跑喔。」

最後叮嚀她們這句話。

……然後，學生會室的門「砰」一聲關上，籠罩在一瞬間的寂靜之中……

「太好哪～～～～～～！我們和好哪！和好了哪～～～～～！」

「唔喔！」

喂！Cosmos 這傢伙大哭著朝我抱了過來！

呃，我知道妳很高興，可是這樣不好吧！

總之，先分開再說……嗚呃！她抱我的力道變得更強了！

「我一想到要是就這樣和她們兩個鬧翻該怎麼辦，就覺得好不安，好害怕！嗚嗚嗚嗚！太好了……太好了～～！」

輕柔的頭髮碰在我臉頰上無所謂！被用力抱緊也很好！

可是啊，可是！Cosmos 小姐的胸部存在著一種不得了的武器……連這種武器都往我身上頂個正著，就讓我各種不妙啊！

「Cosmos 會長，請妳冷靜點！」

「……嗯。」

總覺得她已經不只是開啟少女模式，甚至進入幼兒模式，但總之她是冷靜下來了。

我總算放心了點。

「呃，那可以請學姊放開我嗎？這樣實在有點不好意思……」

「不要。」

啊，不行。看樣子我說的話她絕對不會聽。

她在有夠近的距離下鼓起臉頰，盯著我看。

「……我好寂寞。」

「對不起……」

Cosmos 小聲說出這句話。她在我們這幾個人當中最年長，正因如此，平常都會提醒自己要可靠能幹些，但現在似乎完全不打算這麼做。

可是，也許只有現在，應該讓她想怎麼樣就怎麼樣。

畢竟這次的事件最辛苦的……其實是 Cosmos。

葵花與翌檜以為放學後 Cosmos 都跟我在一起，但這是天大的誤會。實際上我們幾乎都沒在一起。

Cosmos 在唐菖蒲高中的學生會待命並管理器材；我則去跟蹤嵐。

就只有我們都待在學生會室的時候會說上幾句話。然而，既然我在學生會室時都得假裝是 Cherry 的男友，也就沒辦法和 Cosmos 多說話。

比起因為和我一起上課而有所交流的葵花與翌檜，時間也是壓倒性地短。

也就是說，在這段假扮男友的期間，我最沒能相處的對象就是 Cosmos。

可是，Cosmos 完全不提這件事。

她判斷一旦說出來，她們兩人就會忍不住在意，所以寧可自己揹黑鍋。
明明吃了這麼多苦，就今天而言，卻又必須讓水管和莉莉絲在唐菖蒲的學生會室獨處，所以必然會撞見水管。
Cosmos 一再抽到下下籤，可說歷經千辛萬苦。
但她仍然一直在忍耐，一直為了葵花與翌檜行動……
「……抱我。」
「啥！呃，這……」
「抱我。」
「……遵命。」
我被這不容分說的氣氛震懾住，戰戰兢兢地將雙手繞到 Cosmos 背後。手臂上傳來比想像中柔軟的感覺，讓我極為緊張。
像這樣抱住一個女孩子，還是我這輩子第一次的經驗。
「……叫我的名字。」
「……櫻學姊。」
「只叫名字。」
「櫻……櫻。」
「呵呵呵……只叫名字……只叫名字～」

Cosmos 似乎在各方面都得到了滿足，把頭往我胸口用力磨蹭。
這個人其實年紀比我大耶……該怎麼說，一點都不這麼覺得。
「那就維持這樣一會兒。」
「咦？呃！一會兒是多久？」
「很久。」
麻煩說個明確的時間！咦？我要維持這樣到 Cosmos 滿意為止喔？
呃，我是很高興啦，但要是有人進來，事情可就不是鬧著玩的啦！
不、不管我怎麼在心中發牢騷，幼兒模式的 Cosmos 似乎都不打算退讓，所以我們就維持這樣，直到學生會室的門再度響起敲門聲為止。
拜此所賜，Cosmos 抱起來的感覺與氣味都留在我身上，讓我這大遲遲無法入眠……

*

——下一週的放學後。
唐菖蒲高中的問題得到解決，今天又不用打工，所以我會待的地方只有一個。
圖書室。今天這裡也一樣門庭若市，聚集了很多學生。
一直到上週都是以志工身分來幫忙的網球隊、校刊社、學生會成員都已經離開了。

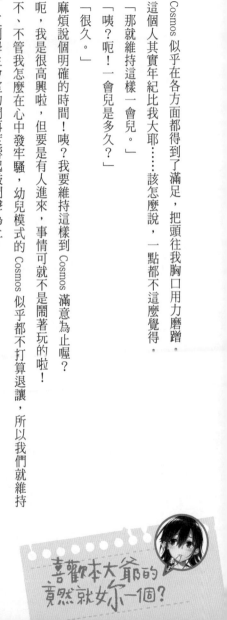

因為從這週起就有各種運動會的準備工作要做，他們也必須致力進行這些工作。

再加上葵花、翌檜、Cosmos、小椿、小桑也不參加。

大家放學後都各有社團、學生會，又或者是工作與其他事情要忙，沒辦法來。

因此，本來以為只有我和 Pansy 要應付這麼多人，會忙得暈頭轉向，結果……

「啊啊……好久沒這麼悠哉了……」

「哎呀，我的紅茶這麼好喝嗎？」

「是啊。現在我就坦白承認吧。」

現在我們兩個正悠哉地在閱覽區休息。

為何我和 Pansy 在本來應該很忙碌的圖書室裡，可以這麼優雅地休息？答案很簡單。

因為就是有一群人替我們處理圖書室的工作……

「呃～～這本書……記得是這邊吧！」

「呼～～實際做做看，沒想到這麼好玩！」

「還書？知道了！那就交給我們歸回原位！」

「明日荷同學，不可以偷懶啦！來，好好加油！」

「嗚嗚～～……總覺得只有我有夠辛苦……惠文，妳好過分喔～～……」

幾名少女與一名少年儘管動作明顯還有些生疏，仍拚命努力工作。

那就是紅人群與薄荷。

沒錯！這正是我昨天對艾莉絲提起的「另一個請求」！

上週末，志工的支援就已經停止，本來圖書室應該會只剩下Pansy一個人。

我千方百計想解決這個問題，又不可能想出什麼好主意，每天都悶著頭在想……才怪！

其實我好好想出了要如何解決！

紅人群（以及薄荷）欠我一大筆人情。

只要請她們今後來幫忙處理圖書室工作就萬事ＯＫ了！

當然了，終究不可能要她們每天都來。

她們也有自己的行程，這部分就得做好排程管理，訂出班表。

而這就屬於我打工處的店長小椿很善於處理的範圍。

她以完美的手腕幫忙訂出了午休時間與放學後的圖書室班表。

哼哼哼，所謂即使跌倒也不肯白白站起來的男人，指的就是我啊……

「喂，你喔！趕快告訴我這書要收到哪裡去啦！」

「咦？呃，我現在是休息時間……」

我說啊，山茶花同學，妳肯幫忙我是很開心啦，但如果可以，麻煩找別人……

「啥啊！你哪有這種權利！你、你都講了那麼令人難為情的話，給我好好表達歉意！」

不行啊。看樣子，完全是強制事件……

唉……雖然一切算是順利，但總覺得似乎還剩下一點問題，又或者說不小心弄出了新的問題……

「呵呵，花灑同學，你就好好努力吧。還有，謝謝你，你幫了我非常大的忙。」

「喔、喔喔……」

也好，Pansy 也顯得很開心，就別計較了吧……

「可是等忙完了，你就要乖乖回來。這陣子我也完全沒時間和你相處，非常寂寞，所以我要好好跟你撒嬌個夠。」

「……少囉唆。」

妳好歹也替我著想一下，被人當面這樣講會有多難為情……

妳一開心地笑，我的胸口就會有一股熱流上衝，可有多傷腦筋。

……之後，我帶山茶花還完書，再度回到 Pansy 待著的閱覽區。

我悠哉地喝紅茶、吃點心，Pansy 靜靜地看書。

「對了，Pansy，『他』要我傳話，我就先跟妳說。」

「什麼話呢？」

「他說……『不客氣』。」

「是嗎？」

她回答得平淡，像是公事公辦。這種態度讓我完全看不出她在想什麼。

……真是的，搞出棘手的約定，麻煩事盡是衝著我來。

「哎呀？看你表情這麼鬧彆扭，該不會，是在吃醋？」

「……鬼扯。」

看到別人表情不高興，竟然笑得這麼開心，這女的果然個性很病態啊。

我也不是在嫉妒。水管已經被 Pansy 狠狠甩掉，而且接下來幾乎毫無翻盤的希望。所以，我沒理由嫉妒他……說沒有就是沒有！

「話說回來……花灑同學，你真棒。」

「……啥？妳在說什麼？」

「這次的事情，你幾乎只靠自己的力量就解決了嘛，跟第一學期剛開始那時大不相同。我幫不了什麼忙，有點惆悵耶。」

「是喔？」

我之所以能解決這次的事件，是因為內容差不多就像是第一學期的總複習吧。

艾莉絲為了實現朋友的戀情，全力支援。

莉莉絲想透過逼心上人無路可走，讓自己能待在離她最近的地方。

然後……山茶花則是一直無法對自己有自信。

這些全都是我在第一學期經歷過的。以前我幾乎完全派不上用場，都靠其他人幫忙解決，跟那時候比起來……也是啦，也許算是有點長進吧。

可是，有些人遠比我長進更多……就是 Cosmos 她們。

起初她們互相爭執，想偷跑，處於很亂很複雜的關係，這次爭吵卻轉眼間就和好了啊。

大家看起來沒變，卻一點一滴地在改變……

只是我總覺得只有 Pansy 沒有任何改變，還是處在終極超能力者狀態，而且有些地方讓我覺得跟她比起來，我還差得遠了。

畢竟……

「我不是一個人解決的，還靠好幾個人幫忙才總算解決。」

圖書室的各位……還有水管與蒲公英。後面這兩個人選相當出人意表，但正因為有他們幫忙，我才能解決這次的問題。

跟一個人就解決所有問題的 Pansy 相比，我還差得遠了。

「也對。可是，櫻原學姊那邊的解決方法，對我來說也非常耐人尋味呢。」

「啥？哪裡耐人尋味了？」

「當另一個人的替身，和對方相處。總覺得讓我產生了一點親近感。」

「……我可以把妳這番話解釋成妳是在當另一個人的替身嗎？」

「你說呢？我自認是用真誠的自己和你相處喔。」

又給我用這種分不清是承認還是否認的模稜兩可的說法。

可是，Pansy 像這樣談起自己還真是稀奇。

「那我想問妳，假設妳要當另一個人的替身，會是在什麼時候？」

「這個嘛，對一個人欠了絕對想報答的恩情時……又或者這個人辦不到的事，我非得替對方完成不可時，這樣的情形下也是有可能的。」

問是問了，但到頭來還是聽不懂。

唉～～到了第二學期，這女的還是一樣神祕得很。

是說，說白了，我不太了解 Pansy 啊……

她有什麼樣的個性，我是已經有幾分了解。可是，其他方面我就什麼也不知道。

說不定水管會知道些什麼，但我怎麼想都不覺得他會老實告訴我……還是別追究了吧。

我隱約，真的只是隱約……隱約有種不好的預感，覺得一旦深入追究 Pansy 的謎，就會發生我人生史上最大的問題……

然後呢，其實每次都是這樣……我不好的預感命中率幾乎達到１００％。

所以，這件事就到此為止。

雖然搞不好有一天我會被牽扯進情況糟得離譜的問題當中，但這種事還是到時候再來煩惱吧。反正不管我怎麼準備對策，大概都是白費心機。

啊啊～～！話說回來，大概是因為一切都結束而放下心，總覺得一下子變得好疲憊。

難得不用打工，這是我可以好好休息的寶貴時間。

就讓我休息一下吧。

「Pansy，我睡一下，可以麻煩妳看時間差不多就叫醒我嗎？」

「好，知道了。」

那麼，我也順利取得許可了，就閉上眼睛睡個香甜……

【我不會和妳修成正果】

不知不覺間，我已經身在教堂。而且，還穿著晚禮服。

咦？我剛剛還在圖書室吧？然後，一下子覺得好累，就睡……呃，啊啊啊啊！我想起好幾件事了！沒錯！這是夢！完完全全是夢！

這也表示，接下來會出現的是……

「辛苦了……你好努力……花灑。」

就是說啊！會出現的人物只有一個，就是擬人化的長椅木製！

倒是啊，妳在做什麼？

為什麼滿臉笑容，穿上婚紗，等著我過去？

不過，不妙耶……雖然一切好歹算是圓滿收場，可是我不但把木製的吩咐全都忘了，還一項也沒能遵守。

這最好還是好好道歉吧。眼前就先走到她身邊去吧。

「呃，抱歉啦，木製。妳的忠告，我全都沒能遵守……」

我在迴盪著優美鐘聲的教堂裡對木製道歉。

但木製似乎對我的失敗全不放在心上，用力連連搖頭。

「不會，我沒放在心上，不要緊咿。因為花灑就算不靠我的幫助，也都好好解決了問題咿。所以，從一開始就不需要我這種角色咿。」

只是看到木製臉上露出悲傷的笑容，我就想緊緊擁抱她。

不行！這樣悲傷的笑容不適合她！

「才沒這種事！我一定是下意識記得木製想幫助我，才能夠解決！所以，不要說我不需要妳！」

「……真的？那我以後也可以繼續待在花灑身邊？」

「那還用說！反而甚至可以說木製才是最常陪在我身邊的女孩子！」

長椅已經成了非常重要的事物，要述說我的人生就不能不提起！

說是命運共同體也不為過！

「……花灑。」

「……木製。」

優美的鐘聲再度響起，我和木製帶著靦腆的笑容對看。

啊啊，這樣啊……原來這就是所謂的圓滿結局啊……

相信我會在這裡和長椅結合，走上幸福的人生。

該生幾個小孩呢？多到可以組成棒球隊的長椅……想這些大概太早了吧。

「誓約的儀式……可以拜託你嗎？」

「我明白……」

木製用力閉上顫抖的嘴唇與水汪汪的眼睛，抬起了下巴。

這裡是教堂。穿著晚禮服的男人和穿著婚紗的長椅，能做的事情……就只有一件。

所以我慢慢將自己的嘴唇朝著木製的嘴唇……

「嗚嘎啊～～～～！」

正要印上去，脖子就被人從後面用力勒緊。

怎、怎麼了！發生什麼事了！我的脖子上纏著黑色繩索……不對，這是……辮子！

「咿嘎啊～～～～！」

不知道為什麼，教堂的門打開，飛來了無數的辮子接連綑住我的身體，把我整個人往門口拖過去啊！

「花、花灑！天啊！等等我！不要走！」

「木、木製……啊唔！」

木製伸出手，我也同樣伸手要去抓，但辮子不容我們牽手。只見這些辮子以完美的動作捆起我伸出的右手，不停地拖行我。

啊啊，抱歉……木製，我似乎沒辦法和妳在一起……

「對不起……木製。」

我在連空氣都吸不進來的狀態下拚命擠出聲音，朝木製露出笑容。

結果木製可愛的眼睛溢出了大顆的淚珠，拚命看著我。

「不會！你不用道歉咿！我不會死心咿！我絕對還會去見花灑咿！」

「……是嗎？知道了……那麼，不管多久我都會等——」

就在我即將對木製說完最後一句話之際，整個人終於被拖到教堂門口。我看著大門在沉重的聲響中關上，雖然身在夢中，仍失去了意識……

終章之二

我最終變成了這樣

「呼～～……好險。」

「嗯啊？」

我在臉頰被不知道什麼物體輕輕拍打的感覺中醒來，便看見Pansy 一派淡然，用辮子碰我的臉。

呃～～……現在是放學後沒錯吧？然後，我突然很睏，就睡了一下……

「……妳在做什麼？」

「怎麼說呢？我從暗中出現的新情敵手中救了你。」

這女的到底在講什麼鬼話？

我就只是在睡覺，明明一個情敵也沒跑出來。

不過，可是……總覺得好像作了個奇怪的夢……咦？

「我……剛剛是作了什麼樣的夢來著？」

「也不必硬要想起來吧？」

唔。被她這麼一說，我就滿心想回想起來。

好！這種時候就要努力回想……

「還是算了吧～～！反正也不會有什麼重要的事！就只是作夢！」

「唉……都不知道人家多辛苦，真夠悠哉……」
「那真是不好意思喔。」
「沒關係。倒是花灑同學，我提供你一個話題。」
「嗯？話題？」
是無所謂，但總覺得 Pansy 好像急忙扯開了話題。
感覺就好像絕不讓我繼續談夢的內容。所以，她說的話題是什麼？
「其實呢……今天，我們班上來了轉學生。」
「是喔……」
呃，這個題材之前不是才用過嗎……
突然有個轉學生轉到我們班上，對我做出不得了的事情……
「花灑、Pansy，你們正在休息呢？」
「咦？小椿，妳不是說放學後有工作嗎？」
「今天我決定排假，只打電話指揮，想說來圖書室幫忙……不過，似乎用不著了呢？」
「不會的。謝謝妳過來，我非常高興。」
說人人到。曾經的轉學生小椿出現在圖書室。
她鎮定地在我身旁坐下的模樣實在很好看啊。
說起來，我幾乎沒看過小椿慌張的模樣。

雖然她對某個部位似乎有著重大的自卑感，一提到相關話題就很敏感，但除此之外幾乎不曾慌過。坦白說，她給我的印象是比 Pansy 還冷靜。

像前陣子葵花她們吵架的時候，她也漂亮地勸解收場，真的是很靠得住的傢伙耶。從某個角度來看，甚至可說是我最信任的人。

你們不覺得在我們當中，就只有小椿沒有黑暗面嗎？

「所以，你們兩個在聊些什麼呢？」

「正好聊到我們班上來了個轉學生。」

順便說一下，這表示轉學生和芝也是同班。

畢竟 Pansy 和芝同班。

可是既然是別班，就代表應該不會跟我扯上關係吧。

那麼，坦白說，就不重……

「我找到你了……如月雨露。」

嗯？怎麼背後突然傳來一個嚴格的女子說話聲，會是誰呢？

呃～～……Pansy 表情平淡，至於小椿……小椿妳是怎麼了？

從沒看過妳臉上像這樣毫不遮掩地透出敵意啊！

我的背後到底是誰……

「啊！妳是……」

我轉身一看，當場嚇得倒退。至於我為什麼會這麼吃驚，答案很簡單。

因為我知道站在那兒的女生是誰。

豐滿的身材，配上波浪捲長髮。犀利的眼神，就像兩把必定刺穿敵手的長槍。想來這個人就是Pansy說今天轉到他們班上的轉學生吧。

然後……

「烤、烤雞串攤子的大姊！」

她就是今年地區大賽的決賽上，我在躲葵花與Cosmos時，幫忙藏匿我的烤雞串攤大姊！

真沒想到這個人會轉學到我們學校！

而且，原來我們同年啊……

「唔，看來你記得我，我可放心了。你記憶力相當不錯啊。」

我反而想說，講話口氣像妳這麼有特色的女生哪有可能忘記？

可是，她到底為什麼會來找我？我滿心想問，但看來是很難。

畢竟這位烤雞串攤的大姊用有夠犀利的眼神瞪著小椿……

「然後，妳也在啊，陽光炸肉串店店長……炸串者洋木茅春！」

「我可萬萬沒想到妳會來呢，元氣烤雞串店……雞斯坦元木智冬！」

「呵，看來我和妳終究是被砍也砍不斷的命運竹籤串在一起了啊。」

嗯，怎麼看都覺得她們兩位認識。而且，感情絕對不好。

對喔，今年夏季廟會，小椿就提過幾句，說她有個奇怪的老冤家，是開烤雞串店的……原來她指的就是這位大姊，更正，是元木同學啊……

「妳來到這裡……也就是說……」

「妳腦筋動得快，也就省得我解釋……沒錯！再度開始了！我們的聖戰又要開始了！」

上次見到的時候我也想過，這個人真的活在跟我們一樣的世界觀裡面嗎？

講什麼聖戰，這種白痴的調調有誰會……

「妳又要製造無謂的流血？」

還真的有啊～～！小椿有夠起勁地搭上了這調調！

「呵。的確，過去的聖戰裡，我是一百五十一敗……」

妳當是玩寶可夢嗎？

「可是，這次不一樣！我明白過去贏不了妳的理由，就在於防禦不完善。可是，我已經找到了……找到最強的盾！」

這是什麼？而且，妳們以前到底展開過什麼樣的戰鬥……嗚呃！

怎麼她揪住我的後頸，硬拉著我站了起來！

「如月雨露……只要拿他當盾牌，我就贏得了妳！」

「妳、妳沒頭沒腦地做什麼啦！放開我！……咳！而且什麼叫盾牌啦！」

「你問這什麼蠢話？除了你在我店裡工作，一身承受客人的抱怨以外，還能有什麼？你

放心，我會多開點時薪給你。」

我絕對不要。處理抱怨這種事，光是某個地方的大叔就夠我受的了。

「很遺憾，這妳辦不到呢。因為，花灑已經在我的店裡工作了。」

「這！洋木茅春……妳就這樣又搶走我的東西……」

「哪有什麼搶不搶，花灑從一開始就是個非常靠得住又好用的打工小弟。」

小椿，真希望妳省略好用這兩個字。嗯，除此之外的部分我聽了倒是很高興啦。

「那……我們就來比！比誰才夠資格當如月雨露的主人。」

「正合我意呢。跟妳的聖戰又要開始了啊……」

連小椿也說出「聖戰」了啦！這孩子以前也是這樣，偶～爾會說出一些很天外飛來一筆的發言耶！

還有，我莫名被牽扯進去，這是怎麼回事呢？

「那麼，就開始進行宣告聖戰開始的儀式吧。」

「也對……花灑，你站在那邊不要動。」

「咦？我？」

哎，看來不會被做什麼奇怪的事，就乖乖聽話吧。

那我就站起來，到指定位置待命……呃，怎麼啦？

小椿和元木同學都慢慢靠到我身旁……【啾】【啾】

「哇！妳、妳們兩個……突然搞什麼……」

喂，這兩個女生在搞什麼鬼啦！

兩人不約而同突然把她們的手背碰上我的嘴唇！

雖然不是嘴對嘴，但像這樣和別人親吻……

「這樣一來，儀式就結束了。那麼，我們開始吧！……洋木茅春！」

「正合我意呢！……元木智冬！」

莫名其妙……我為什麼會對兩個女生的手背做出激情的吻……啊！

「……花灑同學，這是怎麼回事呢？」

Pansy 的辮子倒豎起來了～～～！是怎樣讓辮子這樣倒豎的啦！

可是，小椿與元木智冬絲毫沒發現我的這種恐懼，彼此間激出火花。

……嗯。她們兩個似乎正起勁，我就偷偷溜走吧。

講什麼聖戰，多可怕啊！那我就躡手躡腳，偷偷摸摸……

「花灑～～我好生氣耶～～！」

「呵、呵呵呵呵，真沒想到你沒節操到這個地步……」

「我還早點結束社團活動，沒想到過來一看……這可不是讓我碰上意料之外的特等題材了嗎～～……」

好快。太快了！葵花同學、Cosmos 學姊、翌檜同學！妳們來得也太快啦！

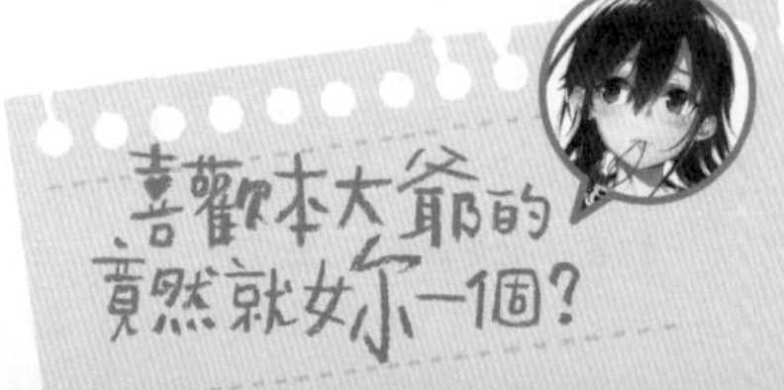

為什麼偏偏選在今天，這麼快就結束社團活動和學生會活動呢？

「喂喂，花灑……這樣就算我幫你，對解決問題也一點幫助都……」

啊，小桑也來啦。嗯，不用擔心，我的想法也一樣。

「真、真不敢相信！你……真的是笨蛋～～～～～～！」

還順便搞得山茶花同學哭著從圖書室跑出去。

不妙……紅人群，尤其E子同學，現在應該稱為艾莉絲的這位，視線有夠可怕。

這下……被將死啦……

順便說一下，關於之後我有什麼下場這個問題，簡單解釋起來就是……總覺得好像在非常開頭的地方就告知過了啊。我在圖書室裡跪坐著，被罵得有夠慘的……

為什麼我就得被牽連進這種莫名其妙的聖戰，還受到修羅群攻擊？

我的不幸還是一樣漲停板……

後記

終於能在自己的房間放電視了！

大家好，我是出道以來差不多就要過一年出頭，對不知不覺已經出到第七集的自己感受到時光飛逝的駱駝。

我寫第七集的故事時，盡量著重在第一學期的複習，同時也感慨萬千地想著：「花灑跟那個時候相比，長進得真多啊！」

不過這就先不提，這次我想來一段「喜歡本大爺的竟然就妳一個？製作花絮」。

那麼說到我要針對哪個部分來談呢……說穿了就是翌檜。

她情緒一激動，說話就會跑出津輕腔，但坦白說我根本不是青森縣出身，幾乎完全不了解津輕腔。

只是，以前我去青森旅行的時候，聽到的津輕腔令我留下深刻的印象，就想到：「啊！這我想拿來用在自己的作品裡！」而這其實就是她這個角色誕生的契機之一。

然而，這個時候發生了問題。我本來就不了解津輕腔，所以一旦講出來，當場就是假津輕腔大爆發。為了解決這個問題，我採取的手法就是：「請土生土長而且現居青森的青森人

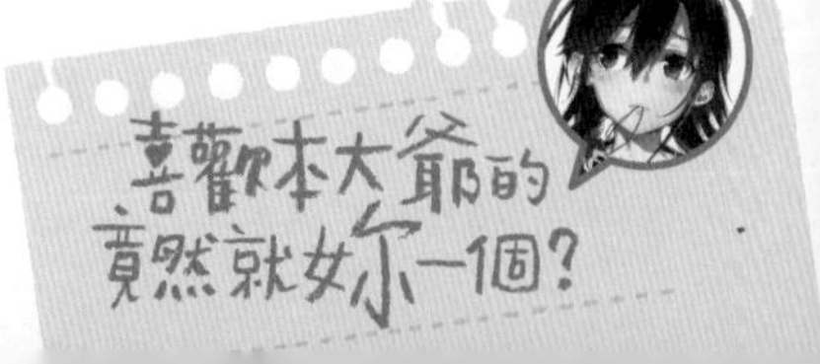

翻譯！」

所以呢，翌檜同學這個角色存在著一位幕後功臣——中村氏，每次都幫忙指導或翻譯津輕腔。

我一開始提出要求時問說：「是不是語尾先加個『哩』就好了？」結果被鄙視外加臭罵了一頓。依照中村氏的說法，津輕腔是因地而異，自己說的終究是青森縣青森市一帶的津輕腔。所以，翌檜說的也是這一帶的津輕腔。

只是在翻譯的過程中，又發生了一個問題。

……就是如果用文字寫下來，就有可能讓人完全看不懂在講什麼。

用看的看不懂，絕對不是什麼壞事，但換成文字卻無法傳達意思就實在有點那個，所以有些台詞也會避免採用太難看懂的說法，或是把一部分換成標準語。

說得再詳細一點，津輕腔的第一人稱有時候是「咱」，但隨著說話腔調不同，有時聽起來又像是「咱仔」，所以為了講求讓讀者容易看懂，有時候也會採用後者。

所以，在這次的劇情裡，翌檜有些台詞我很想用津輕腔，但由於難懂程度出類拔萃，只好放棄，現在就來介紹其中一句吧。

本來的台詞是這樣的。

「豈、豈止厲害！這根本是超級太厲害！」

是她從 Cosmos 同學那邊收到印表機時的台詞。
本來這裡我也想寫成津輕腔，但如果換成津輕腔就會變成這樣。
「豈、豈止厲害！這根本是灰雄五告吼咿厲害！」
可是，這句台詞我個人非常中意，所以就在後記中用了。
「灰雄五告吼咿」太難懂了！
那麼接下來是謝辭。
購買第七集的各位讀者，非常感謝大家陪本書走到現在。本書終於進入第二學期篇，花灑同學與其他人究竟會有什麼發展……相信明年的駱駝應該會努力的。
ブリキ老師，這次出現的褐色肌膚少女絕對不是我心中「呼嘻嘻，我想看ブリキ老師畫的褐色肌膚少女」這樣的願望失控而登場，如果您可以不要誤會……非常感謝您！
各位責任編輯，這次也感謝給予各式各樣的建議。這次的建議當中最令我印象深刻的，就是在星巴克開會的時候，有人唐突地滿臉笑容提議：「我們讓長椅擬人化吧！」
松村老師，這次要拿您的作品當題材，當我詢問是否沒問題時，您輕鬆地答應：「還好啦，應該沒關係吧？」非常感謝您。就讓我在這裡來個直接行銷：「我非常期待您12月發售

的新刊。」還有，請不要深夜喝醉酒，發內容很亢奮的訊息給我。

這樣會製造「Wake up 駱駝！」效應。

無名英雄　駱駝

國家圖書館出版品預行編目資料

喜歡本大爺的竟然就妳一個? / 駱駝作 ; 邱鍾仁
譯 -- 初版 -- 臺北市 : 臺灣角川, 2019.06-
冊 ;　公分
譯自 : 俺を好きなのはお前だけかよ
ISBN 978-957-564-986-9(第5冊 : 平裝). --
ISBN 978-957-564-987-6(第6冊 : 平裝). --
ISBN 978-957-743-440-1(第7冊 : 平裝). --
ISBN 978-957-743-441-8(第8冊 : 平裝)

861.57　　108005631

Kadokawa
Fantastic
Novels

喜歡本大爺的竟然就妳一個？ 7

（原著名：俺を好きなのはお前だけかよ 7）

2019年12月18日 初版第1刷發行

作　者：駱駝
插　畫：ブリキ
日版設計：伸童舍
譯　者：邱鍾仁
發 行 人：岩崎剛人
總 經 理：楊淑媄
資深總監：許嘉鴻
總 編 輯：蔡佩芬
編　輯：孫千棻
美術設計：黃永漢
印　務：李明修（主任）、張加恩（主任）、張凱棋
發 行 所：台灣角川股份有限公司
地　址：105台北市光復北路11巷44號5樓
電　話：（02）2747-2433
傳　真：（02）2747-2558
網　址：http://www.kadokawa.com.tw
劃撥帳戶：台灣角川股份有限公司
劃撥帳號：19487412
法律顧問：有澤法律事務所
製　版：尚騰印刷事業有限公司
ISBN：978-957-743-440-1

ORE WO SUKINANOHA OMAEDAKEKAYO Vol.7

Edited by 電撃文庫
First published in Japan in 2017 by KADOKAWA CORPORATION, Tokyo.
Complex Chinese translation rights arranged with KADOKAWA CORPORATION, Tokyo.